香江情懷

小故事

丙申暮冬 影霞敬題

感謝葉影霞博士給本書寶貴意見並親筆題字

程淑明 著

香江情懷
小故事

從前

有一個地方

名字叫香江

他是一個小漁港

一百多年過去了

搖身一變

香江成為艷麗的大都市

嬌美動人的城市

這就是香港

我們的

家

青森文化

感謝 李永基學兄 送贈的國畫「紫荊吐豔」

紫荊吐豔

一百多年在歷史的洪流上只是一個短暫的時間，香港能夠在這麼短暫的時間內，由一個人口不足一萬的小漁港，躋身成為舉世知名的大都市，香港的成就是港人的勤勞、智慧和努力所換回來的。

洋紫荊代表香港，是香港的市花，紫荊吐豔寓意香港回歸祖國之後，再延續她的光華，豔麗耀目。

目錄

前言

從前，有一個地方，名字叫「香江」。他是一個小漁港，一百多年過去了，搖身一變，香江成為艷麗的大都市，嬌美動人的城市，這就是「香港」，我們的家。

這個家，充滿著情：父子情、友情、親情；加上：心底暖流、生活鳴奏、爐峰古今及我愛郊野，就成為《香港情懷小故事》這本書。

程淑明

2017.5.22

序一

香港柏金遜症會外務副主席：鍾小曼女士

緣來緣去……

人與人之間能夠相遇、相識到相知，實在是很奇妙的事情！認識程淑明先生本以為始於學口琴，其實原來早已經相遇，同時服務於海洋公園，只是當時並未相識，經過 30 多年後，舊友以為新知，卻意外地在臉書（Facebook）內發現一張他與舊同事的合照，細問下才知道原來大家早就相遇。緣來緣去似乎冥冥中總有安排！

因為患上柏金遜病，機緣巧合碰上跟程 sir 學口琴，不覺間經已兩年多，從不太懂音律到現在可以吹奏幾首歌仔，娛己娛人，經已樂此不疲。我認識的程 sir 是位不折不扣的好老師、好丈夫、好爸爸。待人處事心思細密、不拘小節、克己寬人，處處為他人著想，從他的言行可見一斑。他每星期義務到柏會教導柏友吹口琴，風雨無間之外還要忍受著柏友的學習遲緩，不時手騰口震的不協調動作，但他從不責怪或生厭，反而更加細心教導，經常鼓勵大家，令大家可以輕輕鬆鬆愉快地學習。他對太太更加無微不至，心細如塵，絕對稱得上是位好好先生。而作為一名自閉弱智兒子的父親，對兒子的教導，付出的時間、關懷及愛心，往往要比一般父母為多。當中的辛酸、無奈以及疲累是不為外人所知，縱然心感遺憾，但是程 sir 都坦然接受、不怨天尤人、積極面對，無懼外人的奇異目光；定時到院社接兒子回家共聚天倫，又經常與兒子行山，鍛煉體魄，令兒子學懂如何與他人相處，融入社區，令更多人認識及了解自閉、弱智人士。書中便有好幾篇關於他與兒子的軼事，只要細心翻閱，定能感受一二！

適逢程 sir 推出第三本著作，邀請我代為寫序，受寵若驚與感謝之餘，也希望藉著這機會寫出我心中的感受。亦順道祝賀新書銷量節節上升，明年再下一城！

小曼

平安夜 2016

作者：

我信緣，更喜歡與人結緣。「百世修來共船渡」，我和小曼同坐一船，這條船名字叫：柏之韻口琴隊 The HKPDA Happy Harmonicus（the 2H@hkpda）。感謝 Larra 給我寫這篇序，希望這本書可以引起你的共鳴。

序二

東華三院賽馬會復康中心副院長：梁敏潔女士

健康快樂

認識程先生、程太太是因為他們的兒子居住於我工作的院舍。照顧智障、自閉症孩子一點也不容易，作為職員，有時亦會束手無策。但程先生、程太太永遠都是一副從容不迫、不慌不忙的感覺。每星期他們接子鋒回家，總是耐心聆聽、禮貌地回應我們報告子鋒的情況，對我們的工作總是包容及體諒。回到中心時，又會讓我們了解子鋒在家的情況，好讓我們能互相配合。

2016 年 12 月收到程先生邀請，為他的新書寫序，十分驚訝。一方面受寵若驚、另方面得知原來程先生的著作備受推崇，被邀寫序實感萬分榮幸。

新書的內容都流露著程先生對兒子的愛。自閉症人士有時對某些事情會表現偏執，但程先生就用適合兒子的方法帶他四處遊歷、克服兒子的限制，讓他感受世界、體驗生活。同樣地程先生用文字來表達他對香港的情懷、用他的專長口琴來感染和幫助身邊的人，他的熱誠、他的漫不經意，我深受感動！

祝願程淑明先生新書成功！家庭健康快樂！

梁敏潔

2017.2.28

作者：

梁敏潔女士在東華三院復康中心工作十多年，待人友善，和藹可親，非常關心中心學員、院友及家屬，家長們都好喜歡她，時常稱讚她。梁敏潔女士工作繁重，感謝她在百忙中抽空為這本書寫序，更感謝她多年來給我和太太的支持。

序三

第十七屆十大再生勇士：張文傑先生

積極、樂觀、正面

感到十分榮幸獲程淑明老師邀請，為他所著的新書寫序。

我與程老師相識於香港柏金遜症會的口琴班，他是口琴班的義務導師。程老師謙恭和藹，教學認真，是我們每位學生心目中的好老師。在程老師與同學們的努力下，「柏之韻口琴隊」於2017年成立了！程老師不時帶領隊員到不同場合參與表演，以音樂傳揚柏金遜症病友的學習精神，用自己的正能量影響他人。

拜讀此書後，讓我感受到父母無怨無悔所付出的愛，對子女不離不棄，令我深受感動！書中收錄了十二則由程老師寫給他患有自閉症兒子「子鋒」的信；他以簡單直接的文字，加上輕鬆幽默手法，把兒子生活上的點滴記錄下來。當我看到第四封信時，情不自禁地流下了男兒淚，更勾起我一絲絲的回憶。回想當年，我不幸當上了香港最年輕的柏金遜症患者，感覺很不好受！只有終日躲在家中，深感自卑和沮喪！後來，發覺自己的情緒不但對自己不好，還會影響身邊的家人和朋友；之後才慢慢地走了出來。我明白儘管現今醫學昌明、科技發達，但人總不能避開：生、老、病、死，所以對於自己的生命，我選擇用積極、樂觀、正面的態度去面對！

程老師的新書表達出他對子鋒的情懷和感受，也表現出人與人之間的情緒、情感是互相影響的。我十分期待此書的出版，期待以後能看到更多程老師與子鋒的經歷呢！

張文傑

2017.3.2

作者：

文傑與子鋒年齡相若，我與他有着一份特別的親切感。今次邀請他給我的新書寫序，他好快便答應了，這篇序寫得好好，好有深度，真不知道該怎樣多謝他。

序四

香港弱智人士家長聯會副主席：羅麗珍女士

廿載香江情

早在90年代初認識程淑明先生，當時，香港弱智人士家長聯會資源緊絀，沒有自己的會址。所有關愛家長的互助、福利權益的倡導、以至家長和社區的教育，都是靠幹事或熱心小組核心組員勉力推廣。其中，中九龍地區小組便是在程太家中開會，偶然和程生相遇，得以欣賞溫文儒雅的他和溫柔婉約的程太何其匹配，也短暫見證子鋒和妹妹的成長。1995年，家長聯會得到毅行者慈善基金和凱瑟克基金的支持，建立毅行者社區教育中心，亦成為聯會的會址，裝修期內程生被邀參與機電工程方面的監察。往後大家各自為生活打拼，只能間中在聯會的活動中偶遇，點頭問好。

闊別廿年，2016年10月18日，和程生在「康橋事件」請願行動再次相遇，心中不禁慨嘆：「你我相逢在黑夜的海上！」社會的黑暗在於智障弱女仍然備受欺凌，卻因為心理創傷和司法漏洞而錯失有效公義的保障，形成苦主和社會的不幸。但是我們都無忘初心：堅持為智障人士爭取權益和公義，鍥而不捨地吶喊天理不容、人神共憤，強烈重申改革刻不容緩。路途縱使漫長艱辛，心情步伐縱使沉重，「在這交匯時互放的光亮」源在萬眾齊心。

未幾，有幸應邀為《香江情懷小故事》寫序。只因我們都是同道中人，有著共同的角色：智障人士的家屬；共同的喜好：唐宋詩詞；和共同的情懷：土生土長的炎黃子孫，熱愛香江、心繫家國。雖則百務纏身、疲於奔命，收到定稿文章後匆匆欣賞過，也感動過！「父與子」是我等作為照顧者的命運寫照和單純冀盼：點滴情真、關愛同行。其中「給兒子的信」反映了家長在養育智障和自閉朋友的艱辛和挑戰，情何以堪？回想聯會已故永遠名譽會長、我們最敬愛的張伯（張廣嗣先生）曾經給兒子天惠《一封沒有人拆的信》，字裡行間描繪骨肉相連的愛和社會歧視的痛，舉筆千斤、觸動人心。今天，程生疾書 12 封信，相對舉重若輕，從閒話家常中略述見聞和心意。然而，經歷的年月和足跡，依樣印記了無盡的父愛和更慶幸是今天人間有情。

而「情兮香江」中演繹的「心底暖流」再次展示程生為人坦誠的風格：實實在在地活、透透徹徹地想、真真摯摯地感和簡簡單單地寫。從「生活鳴奏」知悉程生酷愛音樂，認定缺少了音樂，生活便失去好多姿彩。他精於口琴並用以助人自助，鼓勵病友發揮潛能。生命的樂章正正貴乎忠於基調、無懼變奏、促進和弦，共譜凱歌。

最後，「香港如此多嬌」領我偷閒神遊香江許多可觀可賞的風景和溫情，令我營役中幾近枯乾的心靈重獲山水自然、陽光清風的滋養和活化。借冗長但不完全的《序》，再次多謝程淑明先生！亦順祝新書暢銷，好讓熱愛香港的讀者一起憧憬程生的素願：「希望國家富強繁榮，希望香港社會和諧安定，港人生活融洽，普羅大眾多關注弱勢社群、民生事務，少理議會政治，共享美滿生活。」

麗珍

2017.3.19

作者：

認識羅麗珍已經二十年，我和她見面不多，交情不算深，可是，我們有着同一顆心，為殘障人士爭取權益的心。最近在金鐘因康橋事件而引發的遊行活動中遇上羅麗珍，剛好我準備出一本新書，因而想起邀請她給這本書寫序。麗珍一口答應，寫下這篇序，文采斐然，深感佩服。

作者心聲：

老吾老以及人之老，幼吾幼以及人之幼

智障分輕度、中度及嚴重三種，據 2015 年政府統計署資料，全港有七至十萬名智障人士，佔總人口約百分之一點二五。

現時提供特殊教育、成人日間訓練及智障院舍服務的機構不多，成人宿位嚴重缺乏。私人院舍方面，限於資源問題，服務參差。2016 年康僑事件，充份反映香港私營智障院舍服務實況，還有司法制度的弊端，犯罪者不能繩之於法，令社會嘩然，家長憤怒。

智障人士給家庭帶來不少壓力，走在街上不時受到不平等的對待，冷言冷語甚至指罵、歧視等。一次，在麥當勞食早餐，兒子突如其來大叫一聲，引來不少注視目光；下午坐巴士，兒子又過度興奮，拍打玻璃窗，嚇得前後排座位乘客匆忙換位；類似情況，屢有發生，對我來說是見怪不怪，初時也會生氣，想深一層，如果我是他們也會這樣做。不少父母要長時間照顧子女，不能夫妻二人同時外出工作，收入減少，出現經濟問題，也有家庭夫妻不和，婆媳不和，離婚收場。

與 Lawrence Ip 及 CK So 合照，背景對聯正是：「老吾老以及人之老，幼吾幼以及人之幼。」

「香港弱智人士家長聯會」早於1986年由家長自發組成，1987年正式註冊為非牟利慈善社團，現有會員過千。1995年，在「凱瑟克基金」資助營運和「毅行者慈善基金」資助裝修經費下設立「毅行者社區教育中心」，透過宣傳、舉辦講座、巡迴展覽、地區教育、學校計劃等多元化活動，讓大眾認識及接納智障人士，希望市民能如歐美人士一樣，對弱勢社群不但沒有歧視還十分關愛。

某次行山經過井欄樹村，看到一副對聯，寫著：「老吾老以及人之老，幼吾幼以及人之幼」。春秋戰國時候，中國思想家孟子提倡「兼愛精神」，供養自己家中的長輩，也供養天下所有長輩，幼育家中小孩，也幼育其他小孩。

香港是一個富裕的社會，2016年政府儲備達8,000多億元，過去三年政府在福利開支增加五成五，增加幅度比教育、醫療等部門還要多。97回歸後特區政府成立「安老事務委員會」，在扶貧、安老、助弱三方面取得卓越成績。

今天，國內和國外華人生活漸趨富裕，教育程度提升，「各家自掃門前雪，休管他人瓦上霜」已不再存在。2,000多年前孟子提倡的「老吾老以及人之老，幼吾幼以及人之幼」這種傳統中國人思想，好應該發揚光大。

認識自閉症（Autism）

自閉症病者有一個共通點，不愛與人交往，不懂社交，最大原因是他們大都缺乏語言能力，只能夠發出單音、詞語，沒有句子，或只可以模仿別人發出鸚鵡式的重複説話。自閉症人士喜歡生活在自我世界中，就連最親的父母、兄弟姊妹也不會交往。他們的行為好像是「外星人」一樣，看起來有些似地球村以外的訪客。作為父母及家人，只可説是無奈接受，不竟他們都是家庭一份子，中國人著重親情，無論子女怎樣，都會不離不棄。

沒有眼神交流，性格固執，喜歡感觀刺激及一些重複性行為，都是自閉人士的特徵，從小開始回家或上學只會行同一條路，遇上道路維修，也堅持走他平日走過的一條路，這就是他們的特色——「一成不變」。自閉症人士和普通人一樣，有情緒問題，包括：抑鬱、躁狂、性急、厭倦……等病徵，需要見心理或精神科醫生，服藥舒緩。

自閉症人士在記憶方面特別強，有些可以背出最近十期開獎的六合彩號碼，有些可以讀出全港各區巴士路線。有一種稱為亞氏保加症（Asperger's Syndrome）的自閉患者智商特別高，他們在音樂、數學、繪畫方面有卓越成就，除了不喜愛社交，不懂與人交往外，與常人無異。

據研究顯示，自閉症是一種先天性疾病，與後天無關，病徵多在兩歲前顯現，當中男女比例約為 5:1，至今病因未明，亦無藥物可以治癒，大多患者只可以用行為治療及服用精神科藥物解決情緒方面問題。自閉症人士智力介乎中度與輕度之間，不少自閉症成人自理能力比小孩還不如，加上他們不時會出現情緒問題，無故大吵大鬧、撞頭、傻笑、嘩叫、用手拍打東西、在街上奔走、原地跳躍、舞動身體……照顧自閉症病者付出的精神和壓力非比尋常，希望社會大眾了解體諒，接受自閉症人士也是地球村的一份子，不要用奇異眼光望向他們的同伴或照顧者，更用不著左閃右避作出過敏反應。

簡單而言，自閉症人士可分作以下三類：

	自閉症病人	自閉症患者	亞氏保加症
語言能力	極差 / 沒有	正常 / 略差	正常 / 略差
智商	輕度至中度	正常	甚高
社交能力	近乎零	差	差
發病率	十萬分一 男女比例 5:1	不詳	罕有
自理能力	需要他人協助	正常	正常

不少自閉症及智障人士，在藝術方面有卓越潛能，這幅畫作者許暘明先生（Patrick Kho）是位唐氏綜合症患者，自小喜愛繪畫，他繪畫的畫甚受大眾歡迎，去年與其他畫家合作舉辦畫展。

第一章
父與子

中文大學 未圓湖
(photo credit by Mr. CF Chin)

1.1 同行郊遊

行山是一項有益身心的活動，走在郊野可以感受大自然的美麗，享受戶外陽光。每逢假日我喜歡和兒子遠足，登山作樂，以及參加行山隊活動，融入社群。

1. 融入社群（東涌－昂坪）
2. 鹿巢迷路（鹿巢坳）
3. 樂善同行（北潭涌）
4. 歡度聖誕（琵琶山－鷹巢山－畢架山）
5. 尋古探今（屏山文物徑）
6. 港島群山遊
   馬失前蹄（中峽）
   生日快樂（大風拗－柏架山）
   風雨欲來（畢拿山－渣甸山－黃泥涌水塘）
   共慶端陽（太平山－西高山）
7. 父親節快樂（水務文物徑）
8. 望梅止喝（獅子山－望夫石－紅梅谷）
9. 風雲變色（金山）
10. 世外桃源（鹿頸－鳳坑－谷埔）
11. 秋遊（大刀屻）
12. 有你同行（馬騮崖）

1. 融入社群（東涌－昂坪）

2014 年 2 月 4 日（星期二）

大年初五，春寒料峭，偕子同行，融入社群

第一次帶子鋒跟「其樂旅行隊」行山。自閉症人士特別需要參與多些公眾活動，接觸社群。到達東涌，領隊周修其先生正在派利是給行友，人人有份，見到不少相熟面孔，大家互相祝賀。九時起步，到達石門甲小休，周大姐為子鋒送來糖果，阿嫻及玉環給子鋒利是，聊了一會分道揚鑣，她們行 B 線「山路」，我和子鋒行 A 線「法門古道」，目的地是寶蓮寺。

「法門古道」全長 6.5 公里，沿途環境清幽，古木參天，處處溪澗流水，這樣靈氣的地方，最適合靈修。離石門甲村不遠是羅漢寺，香港著名古剎，每逢初一、十五香火鼎盛，寺內有羅漢泉，並有天然岩洞供奉十八羅漢。

步出羅漢寺，開始上山，山徑曲折，兩旁不少精舍道場，規模頗大的寶林禪寺外僧人忙於挑水種瓜菜，十方道場門前掛上「肅靜、禪修中」告示。穿過有「南天門」之稱的「南天福地」牌樓，前面是分义路，一邊往「心經簡林」，另一邊往彌勒山郊遊徑。向左行，不久 38 條藝術雕刻呈現眼前，花梨木柱上的「般若波羅蜜多心經」乃國學大師饒宗頤教授的墨寶，其中一條沒有文字，寓意宇宙萬物「空無自性」。

遊覽完「心經簡林」，經過茶園，凋零破落，風光不復當年，莫非真的世事無常？漫步前行，木魚峰峰上的天壇大佛及路旁的玉蘭樹正在歡迎我們。進入寶蓮禪寺當然要到大雄寶殿禮佛，才繼續行程往昂坪市集。經過菩提路，兩旁栽種菩提樹，地面以蓮花圖案青石鋪設。「菩提」一詞乃梵文 Bodhi 的音譯，意思是頓悟真理，達至超凡脫俗的境界。

是日行程，除了享受大自然景色，也看到善信燒香禮佛，寺院鐘鼓齊鳴，木魚峰、天壇大佛、彌勒殿、心經簡林、菩提樹等充滿佛教色彩的景致。突然記起宋朝開慧禪師一首詩：「春有百花秋有月，夏有涼風冬有雪，若無閒事記心頭，便是人間好時節。」到法門古道走一次，重拾昔日僧侶們的足跡，無論是否佛教徒也是不錯的選擇。

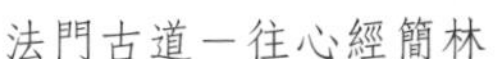

法門古道－往心經簡林

南天門

天壇大佛與寶蓮寺遙遙相對

2. 鹿巢迷路（鹿巢坳）

2015 年 9 月 21 日（星期六）

父子迷途，有驚無險，經驗教訓，遇林勿進

億萬年前香港曾經歷多次火山爆發，形成多種罕見地質外貌，最為人知的是萬宜水庫六角岩柱群。此外，位於馬鞍山郊野公園範圍內的鹿巢山一帶，同樣留下大量火山熔岩，長年累月的風化，形成很多造型獨特的奇岩異石，整個石林由：鹿巢頂、石壟仔及鹿巢坳三處地點組成，統稱「鹿巢山石林」。

今午父子兩人由富安花園出發，沿山徑經千年大樹上鹿巢山，山路崎嶇，而且要穿越樹林，好不容易才到了半山。看到不少奇大無比的巨石，其中「玉兔石」最為神似，繞過石群向上行到達高 414m 的鹿巢山頂，馬鞍山就在對面，山下有村落和昔日礦場的遺跡及小教堂。

離開鹿巢山繼續行程，前面一條山澗，水流湍急，小心翼翼渡過水澗到達另一邊。稍稍休息，準備往石壟仔石河，依山坡向上行，愈行愈遠仍找不到石河位置，之後入了一條分义路，走了個多小時，發覺有點不對勁，前面已經沒有明顯路徑，我們被困叢林之內，找不到出口。眼看西邊的太陽離下山時候不遠，子鋒膝蓋被樹枝擦傷，為安全起見，最後決定打「999」求助。

消防隊伍緊急出動很快到達山下，並且和我們取得聯絡，其間飛行服務隊也透過手機查詢我們父子情況及確定位置。拯救人員分兩小隊上山，其中一隊由大水坑抽水站出發，另一隊從富安花園千年古樹做起點。大半小時後三位消防員及兩位醫療人員率先抵達現場，立即給子鋒檢查傷勢，並送上兩袋礦泉水給我們父子飲用，隨即護送我們下山。到達救護車，時已天黑，在救護車內接受詳細檢查，並無大礙，便送我們至附近地鐵站，自行回家。

今天，幸好有拯救人員救援，否則後果難以想像，真的要好好感謝香港的消防隊伍。行山確實有不少風險，富行山經驗的資深行友說：「遇林勿進」，經一事，長一智，下次行山時候一定要提高警覺不能掉以輕心。

鹿巢山

3. 樂善同行（北潭涌）

2015 年 12 月 13 日（星期日）

天氣回暖，共襄善舉，積善之家，必有餘興

今早父子兩人聯同郊遊樂旅行隊，新舊領隊周國良先生、梁泰祥先生及 50 多位行友參與「樂善行」一年一度行山籌款活動。於北潭涌傷健樂園集合，公開組賽程分長短線兩組，長線 28 公里，途經：東灣、長咀、鹹田灣、西灣亭、萬宜坳，這條路線稱為「樂善徑」，每年吸引數千人報名參賽。東華三院復康中心導師劉得力、吳宛珊等也是今次比賽健兒。

郊遊樂旅行隊目的是參與慈善行，並非比賽，我們和「樂善行」主禮嘉賓及顧問李樂詩博士一起從傷健樂園出發，經復興橋往上窰。過復興橋時記起讀書時候，經常和同學到北潭涌露營的往事，從前營幕是用帆布做，非常重，當時仍未有車路，需由大網仔徒步前來，北潭涌露營的趣事很多，我時常跟朋友說，這處是我的第二個家。

天氣回暖，是郊遊的好時節，今日路程依山傍水而行，沿途有淺灘、紅樹林等美麗景色，四周人煙稀少，環境清幽，十足世外桃源，最適合一家大小到來。途中經過上窰民俗文物館，以房屋、更樓、豬舍、牛欄建築結構為主題，陳列各種客家農具及日用品，重現上窰昔日的鄉村風貌。

到達起子灣，大家取出食品一起野餐，行友們對子鋒特別關心，紛紛給他食物。大休後，哨子聲再次響起，大隊穿過小樹林經上窰郊遊徑返回北潭涌。子鋒今天狀態不錯，不時走在隊伍前列，全程約 7 公里順利完成。

積善之家，必有餘興，屈指計算「樂善盃」已經有 14 年歷史，參與者既可強身健體，又可行善積德，共襄善舉，確實是一件甚有意義的事情，期望明年所有健兒再聚首一堂。

北潭涌傷健樂園

4. 歡度聖誕（琵琶山－鷹巢山－畢架山）

2015 年 12 月 25 日（星期五）

聖誕佳節，萬眾同歡，畢架山上，憑詩寄意

飛鵝山、象山、東山、大老山、慈雲山、獅子山、畢架山、鷹巢山、琵琶山共九座大山，形成一系列山脈合稱「九龍群山」，是新界和九龍的分界線。

難得多天假期，加上天朗氣清，今午偕同子鋒坐車到石梨貝水塘，沿琵琶山路往鷹巢山自然教育徑。這條風景宜人的羊腸小徑，空氣清新，綠樹成蔭，竹林美景，蟲鳴鳥叫，淙淙流水，令人心曠神怡。一小時到達山坡涼亭，休息過後，經由龍欣道上畢架山。

畢架山海拔 458m，是九龍一大龍脈，兩座雷達站盤踞山上。站在山頂，遠望沙田、大圍，從前乃滄海桑田，如今高樓林立，令人嘆為觀止。古詩《登幽州台歌》云：「前不見古人，後不見來者，念天地之悠悠，獨愴然而涕下」。香港百年間之變遷，能不令人欣然涕淚？

回程時，由麥徑五段下山，想起今年 5 月「國家地理頻道」選出全球 20 條最佳行山徑（World's Best Hikes: 20 Dream Trails），麥理浩徑榜上有名。其他 19 條「夢想之路」分別位於瑞士、加拿大、冰島、新西蘭等國家。香港這個彈丸之地，既有世界級地質公園，也有全球最佳行山徑，實在值得我們驕傲。

戴著聖誕帽拍照，特別有節日氣氛。

5. 尋古探今（屏山文物徑）

2016年4月2日（星期六）

春回大地，萬象更新，父子同行，尋古探今

新界五大宗族，屏山鄧氏是其一。鄧氏的祖先自北宋年間移居新界，在錦田及屏山落地生根。鄧族定居屏山後，先後建立了「三圍六村」，興建多所傳統中式建築：祠堂、廟宇、書室及古塔等，為供奉祖先、團聚族群及教育後人而用。並保存一些傳統習俗、節慶儀式、搶花炮等，不但象徵部族文化，同時亦反映新界傳統風貌。屏山文物徑內有極具中國傳統之建築，如：聚星樓、楊侯古廟、鄧氏宗祠、覲廷書室等。到此遊覽，可以認識過去新界傳統面貌及宗族生活。

今午和子鋒坐西鐵至天水圍，出站後先探訪聚星樓，香港現存古塔不多，記憶中虎豹別墅的「古塔朝陽」曾被列作香港八景之一；萬佛寺的佛塔曾經是香港法定十元紙幣的圖像。聚星樓塔高七層，有逾600年歷史，因颱風被毀只剩下最底三層，為香港現存最古老的風水塔，具有珍貴歷史價值，是屏山文物徑的起點。

離開聚星樓前行不遠是楊侯古廟及一個荒廢已久的大魚塘，從前的城鄉村貌小橋、流水、人家，已不復見，取而代之的是嘉湖山莊一棟棟高樓大廈。之後，逐一參觀鄧氏宗祠、覲廷書室；昔日，有一條屏山河，流經此處，潮漲時河水很深，建築祠堂、書室用的巨大石柱、石樑等，全是用船運來，由於市區發展，屏山河已不再存在。

春回大地，萬象更新，沿路走見到好多新年景象。最後來到了舊山頂警署，從前，這裡是屏山最美麗的地方，可以看見日落，歸帆點點。舊警署經活化後成為「屏山鄧氏文物館」，館內藏有珍貴文物，讓遊客了解新界原住民的歷史，到此一遊增加不少見聞。

鄧氏宗祠

6. 港島群山遊

馬失前蹄（中峽）

2016 年 3 月 22 日（星期二）

暮春三月，最宜遠足，馬失前蹄，幸無大礙

春光明媚，最宜郊遊，今天父子二人由香港仔水塘出發，途經：金督夫人馳馬徑、港島徑42至46段、中峽、布力徑、灣仔峽、荷蘭徑、寶雲道、香港公園，以中銀大廈為終點。全程行了三個多小時，途中遇到野豬，中峽一段遠眺海洋公園及南區多個海灣，景色宜人。

行程末段荷蘭徑，路上甚多亂石，子鋒突然失去平衡，雙腳拐了一下，然後坐著不動，此情此境，把我嚇了一跳，細心檢查，幸好沒有扭傷，可能太疲累，馬失前蹄跌倒。

行程結束，值得稱讚是香港的郊野公園，管理完善，路牌指示一清二楚，路線四通八達，長短任選，絕對不會迷路。

中峽－觀景台

生日快樂（大風坳－柏架山）

2016 年 5 月 22 日（星期日）

藍天白雲，驕陽似火，柏架山上，慶祝生日

家住九龍，很少到港島行山。今早專程過海由康怡花園出發，經過有「大鑊飯」之稱的晨運園地至柏架山道。沿馬路往大風坳，大風坳非常熱鬧，原因是過百人的中藥行山隊正進行活動，加上星期日，特別多遊人，其中幾位是郊遊樂行山隊行友，香港喜歡遠足的人很多，遇上熟人一點也不為奇。

爸爸：生日快樂

大休後沿著車路直上，到達高 513m 的柏架山，在港島高度僅次於太平山。柏架山建有無線電台及氣象觀察站，天氣雖然炎熱，驕陽似火仍有不少遊人不怕辛苦步行前來。已經過了中午，肚子有些餓，在山上以麵包作午餐，休息一輪然後下山。

今天是我 66 歲生日，能夠和子鋒一起在山上慶祝，特別難忘。

風雨欲來（畢拿山－渣甸山－黃泥涌水塘）

2016 年 5 月 28 日（星期六）

陰晴不定，風雨欲來，齊步向前，奔馳下山

以鰂魚涌市政大樓做起點先上紅樓，小休，轉入金督馳馬徑依山而行，再返回柏架山道馬路往大風坳。大風坳大休後上 436m 畢拿山（Mount Butter），全程以石級為主，到達山頂，在測高柱小休一輪，再續行程，目的地為渣甸山。這段路非常長，沿途可欣賞整個大潭水塘綺麗景色。走到一半，天空由晴轉暗，好像快要下雨，父子兩人加快腳步上渣甸山，幸好雨下不成，到達黃泥涌水塘，時近黃昏，趕快坐巴士回家。

風雲變色

共慶端陽（太平山－西高山）

2016 年 6 月 9 日（星期四）

炎炎夏日，西高山上，登山作樂，共慶端陽

趁端午節假期和子鋒兩人登上太平山旁的西高山（494m），近年香港玩「航拍」的人漸多，今天行西高山見到高空有航拍機在拍攝，到了山腳遇到拍攝者，他把片段用手機傳送過來。從高空看西高山一帶景色實在迷人，聞說山上看日落很不錯。

麥理浩徑最近被評選為全球 20 條夢想行山路徑，其實全港除麥徑外，衛奕信徑、港島徑和大嶼山的鳳凰徑同樣吸引。

2017 年復活節假期再和子鋒跟郊遊樂旅行隊攀登西高山 High West，在山頂與領隊周國良先生及行友們拍照。

7. 父親節快樂（水務文物徑）

2016 年 6 月 19 日（星期日）

父親節到，陽光普照，風光如畫，美不勝收

6 月第三個星期日是父親節。炎炎夏日登山好辛苦，我們選擇了一條平坦易行的大潭水務文物徑遠足。中環坐巴士至黃泥涌水塘，下車後沿馬路上陽明山莊，山莊旁有路牌指示入文物徑，最初一段車路，陽光普照，沿路不少同路人。抵達大潭上水塘，大群人圍在一起，原來在聽導賞員講解香港水塘歷史，穿過古色古香的石橋到達副水塘，水塘養了過百條錦鯉，引來不少遊人觀賞、餵飼。我們坐下休息看風景，湖光山色，加上四周歷史建築，好像回到 100 多年前的香港。

文物徑全長 5 公里，設有 10 個資訊站，介紹各類型建築及歷史遺跡。沿路行到達大潭篤水塘，眼前是一條古老的行車大壩，想當年，建造這條堤壩的工程定當浩大無比。水塘四周好多樹木，走在林蔭大道比之前舒服得多。三小時行程最終到達大潭道巴士站，從這裡坐車離開。坐在巴士上層，車輛行經主壩，整個水塘再度呈現眼前，是日行程只可用「美不勝收」四字來形容。

大潭上水塘

8. 望梅止喝（獅子山－望夫石－紅梅谷）

2016 年 6 月 25 日（星期六）

天朗氣清，28-30 度，紅梅谷上，望梅止喝

父子二人從樂富地鐵站出發，經行人天橋直達天馬苑，離天馬苑不遠是獅子山公園，由公園登山，不久見到一塊「重修路誌」石碑，內容記述晨運徑復修過程，續向山上行至「回歸紀念亭」——麥理浩徑的中途站，西行可往畢架山，前面一條山徑直上獅子頭，部份路段雖然狹窄，但整體而言不算難行，而且絕對安全。

獅子山（Lion Rock）向九龍一面由於長年累月受風化侵蝕，形成多處懸崖峭壁，容易失足墜崖，所以行獅子山必須小心，不能亂闖，免生意外，到達山頂 495m 位置，有梯級路返回麥徑五段，繼而向左行至先前到過之回歸亭，依路牌指示往望夫石，約半小時便可抵達。今天氣溫高達 30 度，天氣雖然炎熱，但只要帶多一點水，行山也是一種樂趣。

望夫石（Amaoh Rock）外形似一位母親背著兒子站在山上等候丈夫回來，是香港人熟悉的地標，2007 年「香港最美岩石選舉」中榮獲第一。可惜，這裡曾被塗鴉者嚴重破壞，這種沒公德做法

實在非常可恥。由望夫石下山，經過大型燒烤場，附近有山澗流水，樹木參天，這裡就是著名的紅梅谷，昔日小學生旅行必到之地。

20多年前一套電視劇《獅子山下》深入民心，廣受歡迎，劇中由黃霑填詞、顧嘉輝作曲的主題曲《獅子山下》，歌詞含意寫實，結尾一句：「我哋大家用艱辛努力寫下那不朽香江名句」，之後，獅子山精神，成為香港人自強不息的寫照，獅子山更是行山人士的熱門遠足地點。

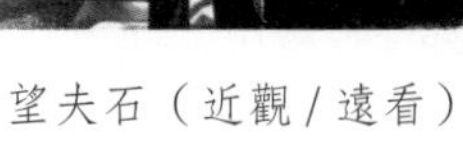

望夫石（近觀／遠看）

9. 風雲變色（金山行）

2014 年 8 月 9 日（星期二）

風雲變色，天氣幻化，人生路上，又一考驗

子鋒放暑假，和他一起跟「郊遊樂旅行隊」行山。於石梨貝水塘集合，我們搭遲了車，到達集合點，大隊已經起程，只好依地上劃上的路標追趕他們，路標清楚所以沒有走錯路。繞過德羅水塘轉山徑向上行，連場大雨水塘滿溢，部份白千層樹浸在水內，甚似城門水塘特色。

到達「早晨樂園」和大隊會合，不少行友見過子鋒，當中有我的舊同事 KK、老同學 Franky、唐太，一見子鋒，便說要和我們父子影相。小休後上山，天氣炎熱，部份路段甚為徒斜，而且滿地沙石，子鋒雖然行慣山，也不時要坐下休息，剛巧義哥在我們父子旁，他用紙扇給子鋒撥涼，也有行友遞來水果給子鋒解渴，郊遊樂旅行隊就好似一個大家庭，守望相助。

說難不難，說易不易，經過一小時行程抵達金山頂電視轉播站，再次休息，開完餐繼續下半部行程往「傻人樂園」。上山容易落山難，子鋒非常小心，遇上一些大斜坡，便蹲下身雙手靠地而行，弄到褲子沾滿泥濘。在傻人樂園稍事休息時，大群馬騮列隊恭迎，這裡最多猴子出沒，所以有馬騮山之稱。睇完馬騮隨大隊經衛奕信徑出九龍水塘散隊。天有不測之風雲，突然下起大雨，天文台發出黃雨警告，幸好大部份行友經已抵達終點。

今早天氣酷熱，仍有近 160 人參與活動，炎熱天氣下行山，雖然辛苦一點，但對子鋒來説得益不少，因為可以曬太陽，享受大自然清新空氣，還有那麼多叔叔和阿姨給他食物。

與唐太合照

10. 世外桃源（鹿頸－鳳坑－谷埔）

2016 年 8 月 27 日（星期六）

碧海藍天，郊遊遠足，父子到訪，世外桃源

香港三面環海，一面與內陸相連，海岸線特別長，部份地方屬於香港海岸公園及世界地質公園範圍，風光如畫，每逢假日吸引不少旅行者到來遊玩，尋幽探勝。

乘車至沙頭角鹿頸，雞谷樹下做起點先往鳳坑然後再往谷埔，沿海岸而行，途中經過淺灘、紅樹林，小白鷺棲息的小島，生態環境豐富，這條人工修築的步道，彎彎曲曲，景色優美，平坦易行，可遠眺對岸沙頭角，途中，不時吹來陣陣海風，感覺更加涼快。

谷埔，修築了一條石堤，石堤內從前是農田，現在只剩下大片蘆葦。老圍村口有間露天小士多，以販賣客家茶果出名，坐下歇息，並向老闆問路，打算往烏蛟騰，依指示行了半小時，擔心行錯方向，最終放棄，由原路返回谷埔，再出鹿頸。兩個多小時行程，只屬一星級難度，卻有五星級風景觀賞。

鹿頸小巴總站有兩間大型茶座，坐滿遊人，部份是踩單車到來，公路上擺放了他們的單車。我們父子走進陳鳳記茶座食餐蛋麵，行完山特別好胃口，所以叫多客炸魚淢，給子鋒做獎賞。

拖手同行－谷埔

11. 秋遊（大刀屻）

2016 年 10 月 15 日（星期六）

夏去秋來，最宜登山，一鼓作氣，再闖刀峰

秋天到來，又是往郊外遠足的最佳時候。位於大埔林村郊野公園內海拔 566m 的「大刀屻」和它相鄰的「北大刀屻」，山脊兩側是懸崖和斜坡，形狀好像刀口向上的一把刀，因而得名。

今早從林錦公路嘉道理農場巴士站開始登山，花了足足一個半小時才抵達大刀屻，全程上山下山兼且爬梯級上斜路，臨尾靠近懸崖一段頗為驚險，幸好山邊裝上圍欄、鐵鏈，感覺上安全得多，沿途要特別照顧子鋒，到達山頂才真正鬆一口氣。年青時候上過九牙嶺、嚴皇壁感覺自豪，今次和兒子一起站在大刀屻上拍照更加興奮。

郊遊是一件開心的事情，何況有兒子作伴，路上不會覺得孤單，離開大刀屻依山脊前進，沿途平坦易行，上下坡幅不多，秋意正濃，清風送爽，陽光也不猛烈，先前辛苦上山，現在享受成果，先苦後甜，很快來到北大刀屻，這裡有多條路徑下山，我們選擇了一條比較短的路線往林村坐車。

記得有一年子鋒在大埔醫院住了一段很長日子，病情嚴重大家都好憂心，一次探病後，我和太太專程坐車往林村許願樹，祈求兒子早日平安出院，皇天不負苦心人，不久之後，子鋒病情轉趨穩定，我和太太才放心下來。

大刀屻（566 米）

12. 有你同行（馬騮崖）

2016 年 12 月 27 日（星期二）

北風呼呼，萬里無雲，八仙嶺上，有你同行

攀山者視「馬騮崖」為朝聖之地，今早在「郊遊樂旅行隊」領隊及好友協助下，我和子鋒父子二人成功攀越馬騮崖到達 511m 仙姑峰。

是日，大美督起步經過春風亭不久分 A、B 線，B 線沿山徑往新娘潭，A 線上八仙嶺。登山初期穿越叢林，目不見天，不時要手腳並用，約一小時到達馬騮崖底，景觀開揚，整個吐露港及船灣一覽無遺，淡水湖原來這麼嬌美。

先頭部隊已經上了崖頂，準備好繩索，行友小心翼翼遊繩而上，我和子鋒二人接近包尾，上到崖頂向下看，才知道這個位置地勢險要，頓時有些心慌，站穩陣腳，定一定神，在領隊周生及義工行友協助下拉著子鋒速離險境。沿山坡向上行，部份路段非常狹窄，若不小心便會失足滾落山下，父子二人手拖手慢速前行，到達仙姑峰才抹一把汗。

山上好大風，領隊周國良特別提醒我給子鋒加上風衣，到了最後的純陽峰，八仙嶺最高的一座主峰 590m，風勢大至烈風程度。「疾風知勁草」，48 位郊遊樂行友並沒有畏縮，繼續行程，在黃嶺前一個山坡停下大休，開餐後取道八仙嶺郊遊徑往新娘潭。

9:30am 起步，到達終點 3:15pm，今天行程接近六小時，連續上落八座大山：仙姑峰、湘子峰、采和峰、曹舅峰、拐李峰、果老峰、鍾離峰、純陽峰，是人生一大考驗。今次能夠成功攀上馬騮崖除了要感謝周國良領隊和好友 Franky，也要感謝殿後的簡慶成先生，我和子鋒大部份時間走在最後，簡生沿途照顧，給子鋒補充飲水，行程中也遇上很多行山者，稱讚子鋒叻仔。

子鋒今天真的很疲倦，晚飯後隨即抱頭大睡。

與行友陳生及梅生八仙嶺合照

1.2 給兒子的信

1987年
香港弱智人士服務協進會
聯同
香港弱智人士家長聯會
出了一本書
書名：《弱智人士家長心聲》
其中一篇文章「一封沒有人拆的信」
由張廣嗣先生以書信形式寫給他的兒子
兒子是智障人士
不懂看

事隔30年
我對這篇感人肺腑的文章仍然印象深刻
這一章 給兒子的信
是我仿效張伯
借文章抒發個人感受
東施效顰，萬勿見笑

1. 東方之珠
2. 亞洲足球王國
3. 八關齋戒
4. 失散
5. 往事
6. 海洋天堂
7. 香港理工大學
8. 改名
9. 惠福道上
10. 香港公益金
11. 國際復康日
12. 元旦

1. 東方之珠

子鋒：

1945 年第二次世界大戰結束，日本戰敗投降，中國大陸爆發國共內戰，國民黨退守台灣，中華人民共和國成立，隨之而來是韓戰，南北越戰爭等，整個東亞政局動亂，民不聊生。香港置身道外，迅速發展，70、80 年代成為區內首屈一指的經濟體系，一枝獨秀。每當夜幕低垂，萬家燈火，維港兩岸燦爛耀目，那時起香港被外界稱為「東方之珠」。

印象最深刻的一次是和你媽媽蜜月後坐夜機返香港，飛越彌敦道上空的一刻，好像看到一條火龍擦身而過，那個經歷畢生難忘。1997 年機場由啟德搬往赤鱲角，此種情境，再不復見。

維港夜景乃舉世矚目，曾到過北海道在零下 3 度冒著嚴寒天氣坐纜車登山，在瞭望台遠眺函館市，美其名是世界三大夜景但也不外如是。同樣，上海黃浦江夜景世界知名，可是過於人工化，而且只集中在那些歷史建築之上，與維港相比，始終覺得維港夜景最美麗，無論你從太平山向下望或從星光大道欣賞，同樣是靚絕天下。

維港煙花滙演相信是最能吸引香港人和中外遊客的節目。你記得嗎？你和妹妹年紀還小時，飯後一家人乘巴士往尖沙咀文化中心海旁觀看煙花，你被那些五彩繽紛的煙花吸引，看到目瞪口呆。那天人很擠，散場後，我和你媽全心照顧你，竟然忘記了妹妹，和她失散了，那時侯妹妹只有 4、5 歲，還好她曉得在尖沙咀鐘樓等我們。

爸爸

2015.3.22

維港夜景

2. 亞洲足球王國

子鋒：

我和你年紀相若時候最愛踢波、游水。那時候每星期有三晚兼職教夜校，放工後和學生在球場踢波或往泳池游水，樂此不疲，這種興趣至今未忘。

兒啊，小時候曾帶你和妹妹一起到泳池，每年總有一兩次往石澳、淺水灣、長洲泳灘嬉水，堆沙……一次你跟學校宿營，回家後把泳褲丟出窗外，自此對「水」產生恐懼，便再沒有和你一起踏足泳池，後來知道是老師帶著你下水時，把你嚇怕了。

話說回來，你知道嗎？香港曾被稱為「亞洲足球王國」，20世紀50至70年代，社會貧乏，到處都是木屋區，人們缺乏娛樂，踢波成為當時一般男孩的最佳玩意。足球發展十分蓬勃，球星如雲，為人熟知的有「亞洲球王」李惠堂，「香港之寶」姚卓然，曾效力英國聯賽的張子岱等等，在「亞洲杯」及「亞運會」多次取得冠軍，因此香港有「亞洲足球王國」之稱。

那時候本地球賽甚受歡迎，50年代「南巴大戰」，南華三條煙：姚卓然、莫振華、黃志強，無人不識，球迷通宵輪候購票，買不到票的做「山寨王」爬上山上觀看。60年代愉園、東方成為班霸，1970年「流浪」班主畢特利從英國聘請球員到港，「耶穌居理」及「大水牛華德」成為球迷新偶像。70年代精工胡國雄球技精湛，被視為香港當代球星，可惜，後繼乏人。

80年代起電視轉播西方球賽，1986年足球總會推行「全華班」政策，為香港足球的沉寂拉起序幕。今天足球運動在香港雖然已經踏入職業化，而且加入不少「國援」、「外援」，但在世界排名已跌至一百以外。愛睇本地足球的市民愈來愈少，相反，在馬會投注站內投注球賽的人士卻不少，此情此境實在令人感慨！

爸爸

2015.5.18

60年代球星陳鴻平

3. 八關齋戒

愛兒：

靜靜地告訴你，「父親節」對我來說是多麼傷感的一個節日，今年父親節我去了荃灣東林念佛堂參加一個名為「八關齋戒」的宗教活動，活動由星期日早上開始，包括：頌經、禮佛、法師開示、講課、坐禪、晚課，在寺院內住了一夜，至第二天清晨起床，到大殿做完早課後，活動結束。

我雖然不是佛教徒，但對佛學甚有興趣。儒、釋、道三教中，儒家養志，道家養身，佛家養心，佛法可以改變人的心靈，最常聽到的一句話是「放下」，如果做人不執著，把所有惱人的事情都放下來，不是會輕鬆得多嗎？

佛教經常說：「一切皆空」，看似消極，其實「空」的義理正是代表世事無常。人有「生、老、病、死」的過程，事物也有「生、住、異、滅」或「成、住、壞、空」的演變，「空」是用來表示一種變遷，並非消極思想。有人說：「得意學儒，失意學道，絕望學佛」，這個講法我絕不認同。

在寺院度過一日一夜，那種清修生活，令人感到安靜。炎炎夏日，房間沒有空調，只有一把小風扇，還要點上蚊香，確實不好受。一覺醒來，遠處傳來僧侶的「打板聲」，召集起床做早課。晨鐘暮鼓的寺院生活，可以放下雜務，好好感受四周靈靜的環境，對一些住在繁華都市過慣緊張生活的香港人，是一種很不錯的體驗啊，人生總應一試！

爸爸

2015 父親節

P.S.「關」乃禁閉之意，八關齋戒，是佛陀釋迦牟尼為在家弟子所制定的。受戒者離家一天一夜，到僧團或寺院居住，學習出家人的清苦生活。八戒中，前七條為「戒殺、不盜、不淫、不妄語、不酒、素顏、不坐臥高床」，後一條過午不食為「齋」，合稱「八關齋戒」。

4. 失散

子鋒：

從小開始你便喜歡坐車四處去，沙田新城市廣場是我和你最常去的一個地方，新城市廣場分第一及第二期，地方大人流多，各式店舖食館應有盡有。那天早上和你坐巴士到了商場，你急不及待飛奔向前，人太多，一下子，你已經從人群中消失，杳無蹤影。我趕忙追上前，但你已不知去向，無計可施之下只好站在原處希望你會走回來，呆呆地等了兩小時仍等不到，唯有到警署報警求助。傍晚時份，你竟然自行回到家中，令大家感到非常詫異。

又有一次和你到尖沙咀，下車不久你便狂奔，前面是地鐵入口，我猜你會走進地鐵，隨即追趕至地鐵大堂，到了大堂，到處是人，又怎可能找得到你呢？最後只好往警署報案，出動警車四處找你，事發後五、六小時，你在藍田商場被警員發現，並送到聯合醫院接受檢查，最後我們到醫院接你回家，並到警署銷案。

最近一次是和你行鷹巢山自然教育徑，這裡是你最常到的地方，一條你很熟悉的路，回程時我放心你自己行，以往你會在巴士站等我，今次到了巴士站很久仍不見你，心想可能你已經坐車回家，怎知不是，只好到旺角警署報案，同一時間你妹妹和妹夫知道後親自到現場找你，而且在山徑上見到你。教育徑圍繞鷹巢山而建，可能是你到終點時不見我便再行一圈，結果和你失散。

兒啊，你走失的次數其實不止三次，可幸每次都平安無恙，真的要感謝香港前線警務人員。

爸爸

2016.6.30

5. 往事

子鋒：

1979年地鐵通車，香港正式踏入一個集體交通運輸的新紀元。

同年你在九龍聖母醫院出世，出世的一天是農曆「潤六月三十日」，你與別人不同，每隔四年才有一次生日。這個可以說是上天給予的啟示，意味著你的智商年齡也許與一般人不同。你出世三天面黃要返回醫院照燈，幸好情況好轉，不然的話便要換血，同時間醫生說你是 GDP6 患者，對某些中藥有敏感不能服用，湊你比湊一般 BB 更要小心謹慎。

你已經兩歲了還不懂說話，只曉得整天啼哭，每次便是一個小時，我怕鄰居受影響，和你到附近公園流連。這一年開始，大家好忙，四出奔跑，帶你做智力評估，見專科醫生，往特殊教育組接受言語治療。後來醫生診斷你患上自閉症，自此你便定期到戴麟趾康復中心覆診，見心理學家，接受日間生活訓練，入讀特殊學校。

兒啊，我是那麼的渴望你可以和常人一樣寫信、用電腦、跟爸爸踢波和吹口琴，可惜，這一切只是夢想。知道你是一位智障兼自閉症病者，除了傷心難過外，對你更有一份歉意，未能夠好好使你成為一位正常人，心裡實在非常內疚。為了你，我們把大部份時間放在你身上，忽略了對你妹妹的照顧，對妹妹來説實在非常不公平，我要在這裡向你的妹妹説一聲「對不起」。幸好妹妹勤奮好學，靠自己努力考上大學，今年還做了媽媽，而你也升級為舅父了。

爸爸

2016.8.22

6. 海洋天堂

愛兒：

記得 2011 年父親節，香港電影院放映一套由李連杰主演的電影《海洋天堂》，影片開始第一幕：「一個身患絕症的父親，因為擔心死後有自閉症的兒子沒人照顧，便帶同兒子坐小船出海，在汪洋大海中和兒子一起跳進海裡尋死。誰知兒子熟悉水性，並沒有死去」。自此，父親改變了原來消極的想法，改為替兒子安排入住宿舍，為兒子將來生活計劃。

電影選擇在父親節播映，希望可以吸引多一些人入場觀看，可是劇情單調乏味，故事以描述自閉症人士為主，平鋪直敘吸引力不夠，未能引起觀眾共鳴，所以並不叫座，很快便落畫了。電影經已落畫，但這套戲的主題曲《說了再見》，旋律優美，歌詞寫得很好，很感人，我實在非常愛聽。

爸爸

2016.8.30

說了再見
作詞：古小力、黃淩嘉
作曲：周杰倫

天涼了　雨下了　妳走了
清楚了　我愛的　遺失了
落葉飄在湖面上睡著了
想要放　放不掉　淚在飄
妳看看　妳看看不到
我假裝過去不重要
卻發現自己辦不到
…………
………………
妳的笑　妳的好　腦海裡　一直在繞
我的手　忘不了　妳手的溫度
心　碎了一地　撿不回從前的心跳
身陷過去我無力逃跑
說再見　才發現再也見不到
能不能　就這樣　忍著痛　淚不掉
說好陪我到老　永恆往那裡找
再次擁抱　一分一秒　都好

P.S.「三個字，三個字」一組的歌詞正好反映自閉症人士的說話能力，由於自閉症患者大都有言語障礙，甚至不懂說話，因此只懂講單音及二連音詞句，例如：「街、湯、早晨、拜拜、可樂、巴士」這些簡單發聲。

7. 香港理工大學

子鋒：

記不得甚麼時候開始，每年香港理工大學丁小姐都會找我，我只認識她的聲音和名字，從未見過她。丁小姐英文名 Venersis，和姓氏相加上來就是 Venersis Ding，「搵丁」不但易記，還好有趣。每次接到她電話我已經猜到她找我的原因就是捐款給「理大」，這是一件非常有意義的事情，飲水思源沒有「理工大學」便沒有今天的我，實在有義務和責任盡己所能報答母校。

「理大」歷史可追溯至 1937 年，香港高級工業學院成立開始，校舍位於灣仔活道，由政府資助開辦航海無線電操作、機械工程及建築等專上程度工科課程。二次大戰後，改名：香港工業專門學院（HK Technical College），提供全日制及夜間課程，1957 年（工專）搬至紅磡現址。我在 1968 年入讀夜校，1976 年畢業。

1972 年「理工學院校董會」組成，主席：鍾士元博士，港督麥理浩爵士出任榮譽監督，同年 8 月，香港理工學院（HK Polytechnic）正式成立，區懷德先生（Mr Charles Old）獲委任為首位院長，接管香港工業專門學院，開辦專業課程，培育人才以滿足社會需求。

理工學院不斷發展和擴張。1983年，推出學士學位課程，並於1986及1989年分別開辦碩士及博士課程。1994年正式取得大學地位，正名為香港理工大學（The Hong Kong Polytechnic University）。看到理大不斷發展，一座又一座新校舍建成，和昔日相比實在有天淵之別。知識改變命運，過去數十年理大培養出無數學子，特首梁振英先生也是理大畢業生，理工大學在香港教育史上作出重大貢獻。

爸爸

2016.9.1

8. 改名

子鋒：

「程淑明」這個名是你爺爺改的，我有兩位哥哥都養不大，家姐程淑霞出世後兩年我出世，爺爺怕我會和兩位哥哥同一命運，所以給我改了這個名，結果「程淑明」三個字與我為伴，名字太似女性由小至大我都不喜歡；想深一層爺爺用心良苦，迷信一點去看，可能是這個名，我才得以平安活到今天。

兩歲時候爺爺重病在廣華醫院去世，留下嫲嫲獨力撫養我和姑媽；1953 年石硤尾大火，嫲嫲認識了後父金幹生，並生下你姑姐和叔仔。新爺爺對我非常好，他寫得一手好書法，每到過年便以毛筆寫揮春貼在家門，增添新年氣氛。阿爺很有學識，給你叔叔改名做金厚德，「自強不息，厚德載物」之意，可惜你叔叔染上不良嗜好，英年而逝。

兒啊，你知道嗎？「鋒」這一個字的部首從「金」，是我刻意跟你改的，你雖然和金家沒有半點血緣關係，嫲嫲時常講「得人恩果千年記，得人花戴萬年香」，希望你也明白我的用意；我們要學習懂得感恩圖報，切勿做個忘恩負義的人啊！

你 1979 年出世，事有湊巧，1997 年回歸當日，特區政府第一個出生嬰兒的名字和你完全一樣都是「程子鋒」，我把當時報紙那段新聞剪下來保留，後來搬屋時失掉了，同名同姓實屬罕見，明年是回歸 20 年，和你同名的子鋒也快 20 歲了。

父親

2016.9.30

9. 惠福道上

子鋒：

惠福道是一條通往東華三院復康中心大樓的道路，我每星期都行經的道路，路上可以見到很多動人畫面，一個個感人的小故事。好像是一位年老的母親牽著她智障兒子的手走在街上，高大威猛的兒子，還要母親小心翼翼看護，此情此景不禁令人心酸，類似這樣的情況，在惠福道上屢見不鮮，多不勝數。

星期五傍晚，一輛輛復康巴士停泊在中心門外等候接載學員回家，不少需要坐輪椅，其中有嬰孩車坐著一位患肌肉萎縮的女學員，年紀老邁的父親在她身旁呵護備至，一幕「父女情永在」情節比電影《人鬼情未了》更感人肺腑。惠福道賽馬會東華三院復康中心有500多位智障、殘疾人士住宿，「家家有本難念的經」，這 500 多個家庭過的每一天特別「艱難」。

望子成龍是每位父母的心願，滿以為辛辛苦苦把兒女養大，可以安享晚年，對一群弱智人士家長來說，這個只是天方夜譚的夢想，在他們有生之年都要背負著一個重擔，直至臨終一天，心裡仍是充滿牽掛之情，含恨而去。

寫到這裡，我開始擔心若干年後，我體力再不能應付的時候，未必可以每星期接你回家度假，和你共聚天倫。那時候，你便要長期留在宿舍之內，想到這裡心裏特別難受。

爸爸

2016. 10. 20

東華三院賽馬會復康中心入口

10. 香港公益金

子鋒：

星期六早上，街道上都有賣旗活動，今天是「公益金」賣旗日，公益金為香港貧苦大眾及普羅市民做了不少公益事務，對社會貢獻良多，當然要支持。

記得讀書時候，也曾參與賣旗，其中一次成績特別好，給學校記了一個「優點」以示獎勵。從前賣旗的錢箱是鐵做的，而旗仔需要加上大頭針，不似現在採用貼紙那麼方便。

香港公益金 1968 年成立，是一個非牟利慈善機構，負責為受資助的社會福利機構籌募捐款，行政費用由香港賽馬會贊助，公益金不扣除一分一毫，市民捐款全數撥入超過 140 間會員社會福利機構。

宋代文學家蘇東坡，才華洋溢，堪稱文壇奇葩，有「東坡居士」之稱的蘇東坡對佛學甚有研究，以下是他寫的一首《繡佛偈》：

凡作佛事，各以所有，富者以財，壯者以力，
巧者以技，辯者以言，若無所有，各以其心。

子鋒，賣旗活動，正好反映有錢出錢，有力出力的重要性。所謂集腋成裘，聚沙成塔，大家都要慷慨解囊，不以善小而不為，踴躍買旗啊！

爸爸

2016.11.19

公益金標誌聚沙成塔

11. 國際復康日

子鋒：

今天是「2016 國際復康日」，海洋公園免費接待全港弱智及傷殘人士入園內遊玩。我和你媽及你三人還未夠十時已抵達海洋公園，等候入場時，見到一位男孩，20 歲，眼睛不能看，嘴巴不懂說，我伸手捉摸他的雙手，他即時作出很大反應，大力捉著我的手，我感覺到他好開心，好想和外界接觸，而我心裡也有一份莫名的喜樂，之後，你們也握了手。環顧四週，一輛輛輪椅魚貫到來。入到園內智障或殘疾人士和他們的照顧者隨處可見，多得老天爺眷顧，清風送爽，天氣不熱，一家大小走在戶外也不至汗流浹背。

主辦機構想得很周到，預備了飯盒、水果和飲品給我們，午餐時遇上另一個家庭，一家四口，女孩輕度智障，她的弟弟正在由媽媽餵食，眼球凸出，一望已知是眼睛發育不健全，媽媽說他只有輕微視力，出世後幾天仍未開眼，是先天性視障，之後去過美國進行手術，花了 30 多萬元，但未成功。惻隱之心，人皆有之，看到兩位天真活潑的小孩有如此際遇，感到難過，眼睛泛紅，強忍淚水跟女孩玩，我和孩子的父母初次認識，卻有一份莫名奇妙的親切感，原因只有一個：「同是天涯淪落人，相逢何必曾相識。」

回家後，我還很記掛著這個家庭，一個已經多，還要兩個，著實替他們的父母傷心難過。我能夠做的就是在遙遠的一方，默默地祝福，給他們祈禱，祈求上天憐憫，讓他們一家平平安安過活！

兒啊，天下間原來有那麼多不幸者，不幸家庭，還好，香港有不少有心人，送上關懷，我們要好好多謝他們。

爸爸

2016.12.2

坐纜車

12. 元旦

子鋒：

2016年剛過去，回望這年算是豐收。

去年五月依澄在浸會醫院出世，給我們一家增添了無限歡樂，同月我的第二本著作順利出版，並且獲得不少讚賞，其後在香港書展擺賣銷量不錯。

踏入十月《結伴同行郊遊樂》及《香江情懷口琴樂》先後在全港60多間公共圖書館上架，甚受歡迎。香港藝術資源中心將「口琴樂」這本書作為音樂藏書，與不少音樂名著放在一起，充分證明它受重視的程度。

這一年你身體不錯，1月我們參加了賽馬會舉辦的特殊馬拉松 iRun，跑畢全程獲發紀念證書，12月參加衛生署主辦的 Fun Fun Run，路程為 8 km，真的不簡單。年內港島區全部大山，如：西高山、柏架山、渣甸山、畢拉山等我們父子倆人都行過了，連新界最難行的大刀屻、馬騮崖、Sky Trial 也到過。

今早在地鐵月台候車時一位男士向我們父子作出友善微笑，上車後有好心人讓座。去年中大睇櫻花後在「未圓湖」遊玩，一位攝影愛好者走到你我面前主動和我們拍攝，之後還把相片透過電郵傳送給我，香港人的愛心實在愈來愈多。

人的一生總有高低起伏，大雨過後，便是晴天，我相信「山窮水盡而無路，柳暗花明又一村」，天無絕人之路。

爸爸寫給你的 12 封信已完結，可惜你的智力，實在無法明白每一封信的內容，我只想你感受得到爸爸對你的愛是無窮無盡的。

兒啊，希望你身體健康！

爸爸
2017 元旦

小結：

身為智障人士家長，真的很需要你們打氣。跟郊遊樂旅行隊行山認識鄧麗嫻女士，和她很投緣，之後成為好友。感謝她對子鋒的關心，感謝她送來以下這首詩。

夜空

今晚在寂靜的星空下踏着單車，聽到一位平時默言無語的兒子向他至愛的父親訴説心底話。他的心底話：

爸爸， 在浩瀚的人海中， 當上你兒是幸福快樂事。
昨天， 你挽我手學行， 一步一跌令你心疼。
今天， 你牽我手同行， 一顰一笑令你心暖。
明天又明天， 你的大愛在每一天遮掩我的差錯。
為我擋風雨， 為我解厄困， 世界可有誰？
看似不懂事的我， 願你可知道，
萬句千句的愛語埋在我的心深處。
爸爸， 你兒子鋒真的愛你。

嫻人

2016 奔向共融 iRun

東華三院「奔向共融」－
香港賽馬會特殊馬拉松
TWGHs "iRun" –
Hong Kong Jockey Club
Special Marathon

完成證書
Certificate of Accomplishment

茲證明
This certificate is issued to

程子鋒	與 And	程淑明
跑手 Runner		伴跑員 Pair-up Runner

於二零一六年一月三十一日 結伴完成
東華三院「奔向共融」- 香港賽馬會特殊馬拉松 2016
3公里挑戰盃

For having successfully completed the 3Km Challenge Race of
TWGHs "iRun"- Hong Kong Jockey Club Special Marathon 2016
on 31 January, 2016

大會時間 Official Time: 00:45:16

個人時間 Net Time: 00:44:49

東華三院主席 何超蕸
Ms. Maisy HO
Chairman
Board of Directors
Tung Wah Group of Hospitals

東華三院 145
香港賽馬會慈善信託基金
The Hong Kong Jockey Club Charities Trust

第二章
情兮香江

德輔道西電車路是我出生的地方，

生於斯，長於斯，

我家在香港，情兮香江，我愛香港。

2017.1.9

2.1 心底暖流

我手寫我心，「心底暖流」寫的是香港人的小故事，小人物的生活故事。

1. 我愛香港
2. 家在深水埗
3. 最愛感恩節
4. 親情
5. 一封給學生的信
6. 完成「佛學初班」的感受
7. 梧桐寨事件
8. 環保教育：T · PARK
9. 真誠對話
10. 友誼萬歲

1. 我愛香港

今早看電視新聞，新西蘭南島基督城發生 7.8 級地震，引致房屋倒塌、路面裂開、居民被困、缺水缺電、交通中斷，之後還出現多次餘震，最強烈一次達 6.2 級，沿海地區引發海嘯，居民要登山避險。

香港是我家，慶幸香港不是處於地震帶，不需擔驚受怕。到過世界不少地方旅行遊歷，始終感覺仍是香港最好。香港是美食天堂，大街小巷食店林立，中西美食任君選擇；香港是購物天堂，貨品價廉物美包羅萬有；太平山及維港兩岸的夜景與上海黃浦江相比還要迷人。香港是行山人士的天堂，擁有世界級的地質公園，市區最靚行山徑；葵涌國際貨櫃碼頭曾經是世界第二大，僅次於荷蘭鹿特丹；去年香港趕過日本成為全球最長壽地區，身為香港人實在有點自豪。

可惜許多人不懂珍惜，喜歡惹是生非，破壞社會安寧，增加社會矛盾，一些年輕人，愛好集會，辱罵政府，公然破壞社會秩序，做出各式各樣違法事情，在立法會莊嚴的宣誓中蓄意把「CHINA」讀成「支那」，實在令人痛心。

我們都是炎黃子孫，流著中國人的血液，生活在香港這個自由社會，希望國家富強繁榮，希望香港社會和諧安定，港人生活融洽，普羅大眾多關注弱勢社群、民生事務，少理議會政治，共享美滿生活。

我愛香港（花墟公園）

2. 家在深水埗

旅遊聖經《Lonely Planet》公佈 2016 年亞洲 10 大最佳旅行地點，日本北海道位居榜首，香港名列第五。香港今次是憑荔枝窩的自然景觀及深水埗的舊區特色而入選。我家就在深水埗，借此給各位介紹一下深水埗。

「衣」：深水埗有各式各樣的成衣商店、布匹批發市場、天光墟、平民市集，歷史悠久的北河街街檔，販賣各種廉價服裝……

「食」：街邊小食，深水埗特別多而且好味道，添好運的粵式點心吸引很多食客到來，荔枝角道金鳳餐廳，午餐：西湯，牛油餐包，巴西豬扒 / 牛扒 / 雞扒配飯或意粉，味香肉滑，送凍飲，每位 32 元，實在物超所值。深水埗美食還有：周記油渣麵，連前財爺曾俊華都幫襯的桂林街腸粉，公和豆腐花，坤記糕點，全港獨有賣蛇膽、食蛇羹的老店，近年來多了糖水店，食在深水埗絕不誇張。

「住」：深水埗貧苦大眾很多，無家可歸的露宿者也不少，北河街明哥食店以最低廉價錢提供飯餸，讓貧苦街坊得以溫飽。最近還有齋店定期免費供應素食與區內長者，也有麵包店派送麵包；聖經說：「施比受更為有福」，那麼多好人好事，實在值得稱讚。

「行」：高登、黃金電腦商場，鴨寮街及玉器市場都是深水埗的特點。美荷樓，北九龍裁判署，賽馬會藝術創意中心等歷史建築，為區內外人士提供藝術，康樂及娛樂活動。南昌公園黃花風鈴樹，每到花期，大片花海使公園生色不少；麗閣村木棉樹，紅透半空靚絕港九。李鄭屋古墓有過千年歷史，與相鄰的「漢花園」同樣是休閒好去處。嘉頓後山黃昏時候不少人會在那裡看日落，「主教山」有志願人士安裝健身器械，供晨運人士使用。

南昌公園－黃花風鈴樹

3. 最愛感恩節

每年 11 月第四個星期四是美國的感恩節（Thanksgiving Day）。感恩節在美國屬全國性節日，從這天起全國放假兩天，百貨公司大減價，各地民眾四出購物、慶祝，造成公路大塞車，百貨公司擠滿人，到處喜氣洋洋，人人興高采烈。

感恩節源自 1620 年，第一批新移民從英國乘船到達美洲。當年冬天，不少人饑寒交迫，染病在身，當地的土著印第安人幫助他們學會狩獵、種植玉米、南瓜，才得以渡過嚴寒冬天。第二年豐收，這批新移民邀請印第安人一起慶祝，感謝他們幫助，後來更成為習俗。

感恩節在香港並不流行，甚至有人不知道有感恩節這個節日。查實，懂得感恩非常重要，美國是一個以基督教為主的國家，特別重視感恩，我小學讀聖公會學校，第一個認識的宗教是基督教，除了「主禱文」，現在還記得背誦「感謝文」，及當時午餐前的祈禱文：「多謝天父，賜我飲食，使我享受，加我能力，更求賜我，愛心日長，自己所有，與人分享，阿門。」

感恩節提醒我們要長存感恩之心，雖然不是美加人士，也覺得感恩節這個節日特別有意義，那麼多節日中，我還是最愛感恩節。

P.S. 加拿大比較早進入寒冬，感恩節是每年 10 月第一個星期一，和美國不一樣。

4. 親情

2013 年家姐肝功能衰竭病情危重急需換肝，香港捐贈器官並不普遍。臨床檢查兩個兒子都不適合，最終由女兒 Elsa 作活肝移植。

3 月 3 日星期日，手術在香港瑪麗醫院進行，由早上至傍晚用了 10 多小時完成，手術成功母女平安。

以下是手術前後 12 天的回憶。

Day-1（2/3 Sat）

上星期瑪麗醫院平台下的宮粉羊蹄甲仍未有花，這幾天花開了，而且開得很燦爛，我相信是吉祥的徵兆，「春回大地，萬物更新」，Elsa 一片孝心，媽必能重獲新生，讓我們一起禱告、祈福，祝願明天手術順利！

Day 0（3/3 Sun）

剛收到電話，姐已出來，無問題。現送了去正院 2 樓 ICU 病房。我 20 分鐘後出發，直去醫院。媽仍在做，冇咁快完成。（康）

感謝上天，感恩醫護人員，祈求媽也快點順利完成手術。

剛看了，未醒，護士說是麻醉未過，因大手術，不想比佢咁快醒，情況和其他同類手術病人相同，仍要觀察。正在約醫生明天談。已通知姐，她放心了，她說似嚴重胃痛，但她冇叫痛，有個掣可自己控制比止痛藥。（康）

** 康 ~ 家姐的大兒子楊嘉康，任職房屋協會副總監。

Day 1（4/3 Mon）

Elsa，今早天氣晴朗，看起來是美好的一天，對妳和媽來說也是美好的一天，手術順利完成，大家都鬆一口氣，接下來最重要的事情，是妳們快點康復，所以妳要多休息，最艱難的時刻已經過去，惡夢不再，一切不必掛心，安心靜養，美好日子就在明天！

Day 2（5/3 Tue）

Elsa，早晨！妳要放心，醫生說手術好成功，過程順利，一切在預計之內，媽的情況也逐漸轉好，面色尤佳，昨晚雖然未甦醒，但對說話能點頭反應，妳不必掛心，安心休息，相信幾天後便可以出院回家。

Day 3（6/3 Wed）

Elsa，今天是手術後的第三天，在妳來說，好不容易才捱過了這最辛苦的兩天，往下的日子是一天天的康復過來，至於媽，也在清醒中，一切都在預計之內。我知妳很擔心，擔心媽、擔心威、擔心這個、擔心那個，擔心是人之常情、在所難免，但過份擔心，是沒必要的，是多餘的，是無補於事的。可知道憂能傷肝，凡事不是隨緣一點好嗎？捨下、自在，愛錫自己才是最重要！身體髮膚，受諸父母，這個道理，妳可知道？

[傍晚] 媽的情況不錯，我在 ICU 病房內逗留了個多小時，其間她多次大聲叫姑娘（聲音響亮）要求給她脫去壓力襪和喝水，姑娘檢查後說是水腫引致不舒服，暫時只可用枕頭把雙腿抬高和按摩足踝作舒緩。

今晚有六位同事探 Elsa，同事們都說她復元得很快，我也有同感，臨走時姐對我說，傷口不郁動便不感到痛。

今天是手術後第一次再到病房探病，給我的感覺是和手術前完全不同，今次我看到曙光的出現！

Day 4（7/3 Thu）

Elsa，妳真傻叫我們休息一下不用來，難道妳不當我們是妳的至親嗎？以後不要再跟我們說這些話。

時間是最好的療傷工具，今日已經進入第四天，只要再過多一天、兩天、一星期、兩星期……媽便可以出院回家。昨晚再踏入 S16 病房，心情豁然開朗和以往探病分別很大，大家都為手術成功而喜悅呢！

曙光已現，一切事情便充滿希望了！

Day 5（8/3 Fri）

Elsa，今天是三八婦女節，對妳和媽來說，是一個難忘的日子，在醫院過婦女節，滋味當然不好受，之不過，為了未來，現在辛苦一點也是值得的，今個婦女節雖然過得不愉快，可是還有很多很多個婦女節在等候妳們呢？婦女萬歲，為妳和媽勇敢面對當前困難再說一聲「婦女萬歲」！

Day 6（9/3 Sat）

Elsa，上星期六手術前一天，大家都很擔心妳和媽，如今手術經已順利完成，我們要感恩。至於媽的情況，必須信賴瑪麗醫院的醫生們，他們會盡最大的努力，給媽最好的醫療診治，甚麼指數，只是參考數字，用不著過度緊張，媽身體仍虛弱，除了要倚靠醫療設備和藥物外，還需要我們為她加油打氣呢！

Day 7（10/3 Sun）

Elsa，今天是星期日，手術剛好過了一個星期，兩天前媽做了腦掃描和磁力共振，結果滿意，媽在醫護人員悉心照顧下，相信很快便可返回 16S 病房，而妳再過一兩天也可以出院回家啊！

春回大地，外面很多花都開得好靚，禮賓府今天開放給市民參觀，我準備帶子鋒往那裡睇杜鵑花。妳只要好好休息，很快便會復元，過多一段日子，媽媽也出院，妳們又可以四處旅行遊玩了。

Day 8（11/3 Mon）

Elsa，昨天見妳精神奕奕，明顯比之前好了不少，妳的康復進度理想，我們都很為妳高興。媽的體力仍然虛弱，在 ICU 內不少病人情況都很差，可幸的是，在醫生悉心診治下，最終都能康復過來，相信媽媽也如是，吉人自有天相，我們再一起為媽念經、祝禱，加持她的意志去戰勝病魔。

Day 9（12/3 Tue）

Elsa，今天是農曆二月初一，也是手術後的第九天，如無特別事情，明天妳便會出院，住了這麼多天醫院，必定是歸家心切，出院是一件大喜事，回家後應該好好慶祝。媽媽病情不穩定，屬過渡時期，這個是大手術，需要多一點時間復元，大家都知瑪麗醫院是全港最好的醫院，這裡有最好的醫護團隊，在他們照顧下，媽康復之期定必是指日可待。

Day 10（13/3 Wed）

Elsa，3 月 12 日是植樹節，也是妳出院的好日子，由妳進入醫院那天起，好不容易才等到這一天。記著，妳還未完全康復，回家後必須多休息，好好調養身體，一切事不要過份認真，張就、張就便是。

昨天媽離開病床，坐在椅子看電視，算得上是踏出了最大的一步，有了這第一步，以後的困難便可迎刃而解，有醫護人員在，有我們在，短期內妳要在家休養生息，不用前往瑪麗探媽。

P.S. 家姐在 QMH 住了兩個多月後出院，至今病情穩定。

5. 一封給學生的信

我在「香港專業教育學院黃克競分校」電機工程系任教整整27年，最難忘的當然是2006退休的一年。Technical Visit對工程學科同學非常重要，每年暑假學校安排同學到公共機構實習，平時也會出外參觀，其中一次到CLP，這次是我最後一次帶學生外訪，參觀完畢有感而發，寫了一封信給我的學生。

各位同學：

昨天，和你們一起參觀中華電力公司廠房，上了寶貴的一課，收穫可不少。記得上車前曾向大家說：「你們是學生要守禮，不要影響學校聲譽」，可是有些同學在參觀期間，仍是不懂規矩，高談闊論，喧嘩談笑，甚至講粗俗說話；其間發生了一段小插曲，班長對我說他掛在上衣的「訪客證」不見了，不能過閘，之後發現「訪客證」夾在他的背囊，其中當然是有同學貪玩造成；參觀接近尾聲，一些同學顯得不耐煩，拿起手提電話聊天，也有同學說有事要提前離隊……

我並不是要責備某些同學，而是作為你們的老師，感到有責任向你們說：「這些行為，對一個學生來說並不適當，現在就是一個最佳反省的時候，要知道只有反省，才會有所改進，有改進，才會有進步，一個人，如果沒有進步，前路便是一片灰暗」。

其實，我也看見不少同學在參觀的時候十分投入，細心聽講和提問，拍攝照片和做記錄，我很欣賞他們這種積極的學習態度，希望其他同學仿效，也就是我寫這封信給你們的最大原因。

在參觀時候，你們有沒有記起那位陳寅添先生，他是 1981 年黃克競電機文憑課程的同學，也是我當年的學生，現在升為中華電力公司工程師；希望若干年後，你們也能像他一般幹出一點事業。

你們都長大了，也快要畢業離開校園，不要像孩子一般，應該為自己的前途作好準備。

祝願各位，前程萬里！

程淑明老師

6. 完成「佛學初班」的感受

退休後，機緣巧合下，用了一年時間完成佛學初班，並認識葉文意老師，葉老師是香港電台《空中結緣》節目主持，講解佛經數十年，2014 年往登極樂。葉老師雖然不在，她的精神卻長存於世。以下一篇文章是我完成佛學初班時寫的感受。

我在佛學班進修不經不覺一年了，在這短短的日子裡，對佛學由一知半解開始，至略有所得。了解很多佛學知識，如：緣起法則、四聖諦、八正道、五戒十善、四無量心、三法印、五蘊十八界和六度波羅蜜等等，也深深體會到佛學原來是和我們日常生活息息相關的；學佛可以改變人的思想行為，可以教人生起慈悲喜捨的心，給我們有正見的人生觀，明白緣生性空的道理。

世間一切事物都是「因緣而生，因緣而滅」，事情的發生總有它的因由，也就是人們說的「因果」，因此我們對自己所做的一切事情，理應負責，佛教提倡五戒十善，如果人人都能奉行守法，世界一定更加和諧與安定。

人的慾望往往是生生不息，無窮無盡的，自認識佛教後，明白到「空」的要義；金剛經有四句偈語：「一切有為法，如夢幻泡影，如露亦如電，應作如是觀。」所以對名、對利、對物質、對金錢，又何必刻意過度追求呢？學佛能夠令人心生喜樂，這種喜樂並非物質享樂可以媲美的，只要我們有大菩提心、大悲心和無分別心，必然生活得更開心快樂。

每次到佛寺首先看見的是彌勒菩薩，也就是我們熟悉的笑臉佛，他歡天喜地的迎接著每一位到來的善信，好像是跟我們說：「佛教能夠令人捨下煩惱，帶給人們歡樂。」此刻，我明白到佛學的博大精深，祈望可以繼續研習，認識多一些佛經。

最後要多謝佛學班每一位老師悉心教導，多謝佛學班同學會開辦「佛學班」給我機會與「佛學」結緣。

程淑明　合十
2009 年 11 月 21 日

7. 梧桐寨事件

2011 年 10 月郊遊樂旅行隊由梧桐寨的中瀑布往主瀑布時，途中發生意外，多位行友跌倒受傷，幸好傷勢並不嚴重，那天我也在場。事後才知道該路斷曾發生山泥傾瀉，部份路面損毀，政府拖延十多年仍未修復，加上近星期連場大雨，路面濕滑，因而出現是次事故，有見及此致函漁農自然護理署反映，並請他們進行重修工程，收到以下回覆。

程先生：

主題：梧桐寨瀑布路徑問題

你在 2011 年 9 月 27 日的電郵已收悉。謝謝你的查詢及寶貴意見。

連接散髮瀑至主瀑的路段，在十多年前的一次嚴重山泥傾瀉中被完全沖毀。本署曾經考慮重修該路段供遊人使用，並諮詢過土力工程師對該範圍的天然山坡的穩固性的意見。根據當時的土力工程師的建議，該範圍的山坡的穩固性不高，及有再次山泥傾瀉的潛在危險。若需要重修或建造一條安全的路徑連接散髮瀑至主瀑，斜坡鞏固工程是必須的。鑒於該範圍是天然山谷及成熟的樹林，進行有關的斜坡鞏固工程有可能需要砍伐樹木及清除植被，並對該地區的生態及自然環境構成影響。因此從保育及安全觀點著眼，我們建議遊人可使用其他路段前往主瀑或散髮瀑，而沒有再進行重修該路段的工程。考慮到你的意見，我們會再次諮詢土力工程師的意見，重新評估該範圍的山坡的穩固性及山泥傾瀉的潛在危險，及是否適合重修該路段以供遊人使用。

此外，在連接散髮瀑至主瀑的路段的出入口豎立的警告牌，及前往主瀑或散髮瀑的其他路徑的指示牌在早前已經更新。如你對上述有任何問題，歡迎致電 2150 6863 與本人聯絡。

漁農自然護理署
郊野公園主任 / 北區
邱倩雯
謹覆

邱女士：

謝謝你的回覆。並多謝妳答允會再次諮詢土力工程師的意見，重新評估山坡的穩固性及山泥傾瀉的潛在危險，從而決定是否適合重修該路段以供遊人使用。昨天曾到過貴署位於長沙灣政府合署的總部，取了一些有關郊野公園的小冊子，才知道原來梧桐寨曾被選為「香港十大勝景」，貴署還有不少刊物圖文並茂的刻意介紹梧桐寨瀑布群。肯定地説漁農自然護理署已確認了梧桐寨是一個可供遊人前往的郊遊地點。

説梧桐寨瀑布是香港的寶藏，一點也不過份，它的主瀑布長30米，氣勢磅礡，絕無僅有，此外還有井底瀑、中瀑和散髮瀑可供欣賞。記得9月20日那天，我和一班退休朋友在梧桐寨主瀑布影相留念，特意把相片附上，希望和妳分享這份歡樂，分享一個香港人引以為榮的地方。

再者那天行程並不危險，比我們到過的不少行山路徑還要安全，所以我個人認為並無封路禁止遊人通過的必要。稍後我將另函貴署署長表達我作為香港市民對梧桐寨瀑布的一點意見和訴求。最後懇請閣下對維修路徑一事作「具體安排」，並祈望早日可以收到妳的好消息。

祝妳工作愉快！

程淑明　謹上

P.S. 之後我們組成十多人的小組，再次前往梧桐寨深入了解整條路線，並把結果遞交漁護署署長。最後收到答覆說重修工程十分龐大，需要大量砍伐樹木及清除植被，會嚴重影響地區生態，自然環境及景觀，所以不考慮重修，只會在適當位置增設告示及警告牌，提醒遊人下雨天及雨後不要使用該路段，事件至此結束。

8. 環保教育：T · PARK

香港新近多了一個好去處，就是位於新界稔灣的「源 • 區」，英文T · PARK，T代表Transformation轉廢為源的意思。「源 • 區」日常工作是收集全港污泥，主要為市民的糞便，然後加以處理，再送往堆填區。「源 • 區」建築包括一座「環境保護教育中心」，中心有導賞員介紹「源 • 區」運作，讓市民認識和關心環境保護之重要。

到「源 • 區」參觀絕不沉悶，收穫不會少，除了增加環保知識，還可以欣賞后海灣一帶美麗景色和候鳥水中覓食，坐升降機至頂樓，遠眺深圳高樓大廈，深圳發展一日千里，令人悠然神往。二樓餐廳有海水提煉的蒸餾水，供免費飲用。

「源 • 區」生態公園有噴泉、荷花池及供鳥類棲息的濕地保育區，若然疲倦了便可到戶外暖水足浴池坐下來泡泡腳。

時間充裕可以往水療池浸Spa，感受40度熱水池、25度恆溫池和15度冷水池三種不同水溫。一面浸溫泉，一面欣賞后海灣及深圳景色，媲美日本北海道風呂。水療池內加了來自死海的礦物鹽，對消除疲勞和美容特別有功效，浸完後整個人都輕鬆得多。

T · PARK 提供免費專車接送，屯門上車 25 分鐘車程到達，快捷方便，實在是一個好值得大家去的消閒好地方。

戶內 Spa 池

T-Park

9. 真誠對話

文傑，是柏會口琴班的新同學，他是第 16 及第 17 屆「再生勇士」得主，有他這樣的一位學生，感到好榮幸。文傑上了兩堂口琴課後，我與他有過這番真情對話。

程 Sir，

多謝你們的鼓勵。對於一個病齡不淺的柏金遜症患者去學習新事物或是培養新的興趣，原來並不容易。以說學樂器為例，除了要有興趣，有信心，願意付出外，還要身體狀況和活動能力上的配合才能事半功倍。

我確診至今已有 13 年了。由於柏金遜症是個無法根治的疾病，而病情只會越來越差，藥物和手術治療也是暫時舒緩病人部份的病徵。當患者服藥五至十年後，藥物效力會越來越短，出現的副作用會較多和較嚴重，令患者的活動能力大減，自信大受打擊。

我現在每天都食八至十次藥，大概每兩小時就要食一次，當藥力發揮得理想的話，活動能力可以維持個半小時。但這個半小時也不好受，藥物帶來的副作用如不自主動作及開關現象。當我的藥力發揮時，身體不斷搖晃，花力氣之餘，更出現頭暈，不能自控的動作。當藥力失效時，動彈不得，就連一張紙也拿不起，肌肉拉緊，甚至痛楚。

我不是給自己逃避的藉口，而是想大家明白，我真的想學懂吹口琴，希望在我分享時吹給台下的人聽，叫大家不要輕易放棄。雖患病，但仍然可以很上進，可以很積極面對人生。

文傑：

好多謝你願意和我分享你的經歷，我明白疾病對每個人來說都會造成很多和很大的影響，尤其是柏金遜病，我體驗最深，認識你不太久，但我已經感覺你是一個積極的人，「疾風知勁草」，面對頑疾而不退縮，我為你驕傲。

程 Sir，

早晨，真的不好意思，我想我暫時缺席口琴班，因為最近身體差了，很多時出現行唔到的情況，所以現正和主診醫生商量，DBS 手術的可行性。希望日後身體好轉些後再參與口琴班。另外，我手上的口琴是你的，可否轉讓給我呢？祝

生活愉快！身體健康！

文傑，早晨！

你的情況我非常明白，來日方長，説不定有一天我和你可以再結琴緣，沒有甚麼好東西送給你，就請你收下這個口琴吧！

2016.12.30

10. 友誼萬歲

2017年1月10日，一班基督教職業訓練學校同學返回黃大仙校舍緬懷昔日上課的地方。球場上參加班際籃球比賽情景歷歷在目，還有那個實習室是我們學習打磨，銼鐵，繞火牛，蝕底板，焊收音機和無線電收發機的工場，當然課堂上的趣事也不少。今晚是農曆十三，月亮好圓，在月亮之下拍照，特別有意境，影完相一起往黃大仙中心百樂門酒樓晚飯，為剛由加拿大回港的老同學洗塵。

月亮之下拍攝

50年過去了，失去的是年青歲月，得到的是一份珍貴的友情。可惜好幾位同學失去聯絡，有些身體不適也有因中風行動不便來不到，實在是美中不足。

酒席間，聚首一堂，閒話當年，真的好開心，與大班同學共度一個晚上，在一個共同成長的地方見面，有說不完的話題。茫茫人海中能夠相識已經是緣分，能夠有50年，半世紀的交往更加是難能可貴。借此祝願「協社和暉社」同學身體健康，友情常在。

2.2 生活鳴奏

「音樂」是世界共通語言，

生活如果缺少了音樂 便失去好多姿彩

讓我們走進音樂的世界

一起感受音樂帶來的樂趣並分享生活的點滴……

1. 柏之韻口琴隊
2. 大會堂高座音樂會
3. 街頭表演
4. 西九－自由約
5. 兩個不同的婚禮
6. iRun前傳
7. 大東山日與夜
8. 綠色工作坊
9. 唐詩與宋詞
10. 平安夜

1. 柏之韻口琴隊（the 2H @ hkpda）

時間過得好快，由香港柏金遜症會開辦的口琴班，不經不覺經已兩年有多。兩年來，口琴班成員除了參與每年一次的聖誕聯歡表演和地區小組分享外，也試過接受邀請參與慈善嘉年華及才藝表演，傳揚柏金遜症病友的堅毅精神。

去年平安夜我們到西灣河文娛中心表演後，再走到中環行人天橋報佳音，好多人圍觀並報以熱烈掌聲，得到如此多拍掌鼓勵，更激發起大家對學習口琴的興趣。2017 年 1 月，香港柏金遜症會「柏之韻口琴隊」The HKPDA Happy Harmonicus 正式成立。

適逢今年是柏金遜症定名 200 周年，為響應世界衛生組織及歐洲柏金遜病聯合會的號召，國內相關團體在杭州市舉辦了為期兩天的「世界帕金森病公益慈善大會」。柏之韻口琴隊受邀出席，浙江話劇院內表演口琴，以口琴音樂傳揚柏金遜病友的堅毅精神，藉此鼓勵同路人在漫長的患病路途上保持積極樂觀態度，對抗柏金遜病，是次演出非常成功。柏金遜病患者行動不便，從香港遠赴杭州探訪交流觀光，讓多些人認識柏金遜症，更希望透過口琴這個細小樂器喚起市民對柏金遜病的關注。

柏之韻口琴隊於杭州浙江話劇院演出前綵排情形

2. 大會堂高座音樂會

2016年10月1日國慶早上，詹鎮邦先生創立的「開心口琴隊」成立12週年，音樂會於香港大會堂高座八樓演奏廳舉行，表演嘉賓是世界級半音階口琴演奏家何頡勳先生，用他的珍藏純銀製造口琴吹奏，由簡可怡小姐鋼琴伴奏，把許翔威先生作曲的《月光愛人》幻想曲表現得淋漓盡至，琴音悅耳動聽，有繞樑三日之感。演奏完畢許翔威先生及所有在場人士掌聲雷動，我忍不住走到台前請何Sir讓我看看他那個純銀口琴，接到手發覺原來非常重，果真是重量級口琴，今天有緣一見，眼界大開。

重頭戲還有中樂著名演奏家李軍先生拉奏二胡，來自北京的張月明小姐手風琴伴奏《少女的桑巴》及《貝加爾湖畔》兩首名曲，樂韻悠揚，令在場者耳目一新。節目當然少不了主人家的傾情演出，包括：口琴、夏威夷結他、排簫等大合奏，當天還邀請了張家誠老師、盧德光老師帶領的「聞韻口琴隊」、點心口琴俱樂部、Saxophone Choir參與演出。

「樂逍遙口琴隊」也獲邀擔任其中一個項目，吹奏：《歌唱祖國》、《希望》、《橄欖樹》、《我的中國心》共四首歌曲。作為琴隊成員，有幸第一次踏足香港大會堂高座演奏廳吹口琴，開始時頗為緊張，還好順利完成沒有失誤。壓軸表演由盧德光先生指揮，張家誠先生鋼琴伴奏，所有演出者一起吹奏《拉德斯基進行曲》，音樂會在一片歡樂氣氛中完滿結束。

盧德光先生指揮壓軸表演

3. 街頭表演

2016 年 5 月《香江情懷口琴樂》順利完成，今次跟「紅出版」合作，由排版，設計，校對以至發行都非常順利，他們工作認真、效率快好值得嘉許。新書除了書局發售，上網也買得到，好多謝我的好朋友捧場，並收到不少意見及鼓勵，最令人感動的是旺角區賢毅社眾師兄、師姐發起到酒樓晚飯給我慶祝。

為了推廣《香江情懷口琴樂》這本書，第一次單獨走到尖沙咀星光行前街頭吹口琴，起初有點似行乞感覺，想深一層街頭吹口琴也是表演藝術的一種，只是觀眾對象不同，之後再和琴友到中環行人天橋以口琴音樂推介口琴書。

中環，香港的心臟地帶，在幸福摩天輪前吹奏口琴，難得有不少途人駐足觀看，更有知音人邊聽邊拍照。夕陽無限好，只是近黃昏，一曲《小小羊兒要回家》便結束這次中環之旅。

相隔一星期再往天星碼頭，西洋菜街行人專用區，旺角行人天橋擺檔。旺角道通往新世紀廣場的天橋，近彌敦道一端行人比較少，在這裡吹口琴，不但可以娛樂他人，也可以娛樂自己，炎炎夏日，站在天橋之上，不時吹來涼風，悠閒寫意。

用口琴音樂宣傳口琴書，好有創意，雖然達不到預期效果感到失望，可是，作為一個口琴喜愛者，能夠把口琴音樂帶到街上和大眾分享，對推動口琴發展，或多或少會起到作用。

黃昏的中環行人天橋

4. 西九－自由約

「自由約」，用音樂迎接新的一年！

周日的西九文化區有不同音樂及藝術團體到來表演，活動還包括繪畫工作坊，劇場等，草地上坐滿人，有些還架起營幕，一家大小到來欣賞節目。那麼多人喜愛音樂藝術，加上香港快將興建「故宮文化博物館」，中港兩地文化交流增多，説「香港是文化沙漠」這句話，看來已不攻自破。

西九文化區佔地很大，有苗圃公園、草坪、海濱長廊等表演區域，每一角落都是街頭表演者。我們走到長廊，口琴、結他、長笛、鼓手、歌手共冶一爐，甜美的歌聲加上真情演繹的舞蹈，為個多小時的音樂聚會，帶來不少歡樂和拍掌之聲。能夠與一群唐氏綜合症的小朋友一起玩音樂，傷健共融，特別高興！

口琴這件細小樂器，發揮的魔力，絕對不細小，口琴音樂美妙動聽，到這裡吹奏口琴，吸引很多人士圍觀。口琴在香港有再次復興的跡象。早前李俊樂接受盧冠廷邀請在紅館參與演出，以口琴作為歌曲伴奏是口琴音樂的一大突破。盧冠廷提倡環保，口琴在那麼多樂器中，最小巧玲瓏，構造簡單，與環保意識不謀而合。

願「口琴之風」吹遍全港每一角落。

2017.1.8

Pearl

5. 兩個不同的婚禮

踏入 11 月又是結婚的旺季，一星期內出席了兩次婚禮，是老朋友和老同學兒子結婚，兩位新郎學業有成，事業有成，很替他們的父母開心。國樑在九龍玫瑰堂舉行婚禮，晚上於尖東帝苑酒店擺喜酒。進濤在將軍澳聖安德肋教堂行禮，然後在觀塘鴻星酒樓設宴。

酒店採用分餐形式上菜，用不著自己動手，我們坐的一圍只有 11 人，擺酒容易請客難，空了一個位是臨時沒來還是另有原因不得而知。自古以來，人生有四大喜事，「洞房花燭夜，金榜掛名單」是其中之二，難怪新娘、新郎及他們的父母都興高采烈，笑逐顏開，忙於與親友拍照及接受道賀。

第二場婚宴場地乃鴻星酒樓，以鮑魚出名，枱面上一早擺放了一對特大刀叉，其中三圍是我們一班聖多馬小學舊同學。酒席開始，出場的男司儀頭戴安全帽，手執鐵鏟，一身地盤裝束，女司儀也是便裝出場，可謂別開生面，原來司儀是要配合今晚主角，以話劇形式介紹男女新人如何在金門建築公司認識，如何走上結婚之路。

席間除了播放兩位新人的成長照片，婚紗照當然不能少。看見他們拍的婚紗照全部都是郊外，風景好靚，忍不住問新郎哥是甚麼地方，答案原來是大帽山，怪不得有一種似曾相識之感。查實香港郊野公園真的很美麗，用不著花費太多時間和金錢去外地影婚紗相。

參加完兩個婚宴，各自有不同的感受，結婚雖說是人生大事，但要動輒用上數十萬元去擺喜酒，對年青一代來說是一種很大的負擔。那麼多婚宴中，我還是比較喜歡近年開始流行的「結婚午宴」。

婚禮司儀拍檔

6. iRun 前傳

香港賽馬會特殊馬拉松（iRun）舉行前三個月，東華三院賽馬會復康中心聘請了一位田徑教練在黃竹坑運動場，每星期一次給院友進行訓練。參加者來自各個中心學員，子鋒是其中之一。

時近傍晚，黃竹坑運動場開放給公眾人士，賽道上好多人。田徑教練選擇了一處草地，先進行熱身，然後排成多行以接力形式輪流交替試跑，學員能力有限，美其名是田徑訓練，實際上是遊戲成份居多，練習過後全體到球場跑大圈。子鋒不習慣在球場內跑步，要他依賽道走，很抗拒，不時停下來或者要走出場邊。

復康中心個別學員對跑步甚有天分，其中一位在導師陪伴下多次參加渣打馬拉松10公里賽，取得理想成績。天生我才必有用，記得當年有「神奇小子」之稱的蘇樺偉代表香港參加「傷殘人士奧運」以及「傷殘人士世界田徑錦標賽」奪取多面金牌，他曾經是男子100m及200m傷殘人士世界紀錄保持者。

比賽當日，早上微風中夾著雨粉，氣溫只有14度。幸好賽事進行其間，沒有下雨。天寒地冷下，來自香港、廣州、順德、佛山、澳門共3,000多位參加者，其中過半是義工和陪跑員，添馬公園溫情洋溢，充滿暖意。話說回來參加比賽不一定要取得獎牌，透過比賽前的訓練，鼓勵智障人士積極參與體育運動，鍛鍊好身體，跑步可以給他們很多得著呢！

比賽當天（2016.10.15）

7. 大東山日與夜

傍晚由東涌坐巴士至伯公坳，以伯公坳為起點往大東山，登山初段，天色良好，天空中繁星點點，從未見過這樣多明亮的星星，心情雀躍。

沿山路直上至 700m「鳳凰徑 016 牌」小山崗大休，欣賞 68 年一遇的超級月亮，還有滿天星斗。今天是農曆十七，並非滿月，明亮的月色，仍然可觀。只是好景不常，突然吹來一陣大霧，風起雲湧，視野開始模糊，離開山崗，按行程到達欄頭營時，濃霧未散，能見度甚差，風很大，濕氣很重，趕快架起營幕避風。

整個晚上天氣沒有好轉，徹夜被濃霧掩蓋，看不到繁星，只有遠處傳來電筒燈光。朋友笑說：「大東的天氣就是時好時壞，令人一頭霧水。」時近清晨，天空灰暗，看到太陽伯伯全貌已經是日出後半小時。

旭日高升，再現藍天白雲，整個山頭到處都是白背芒，隨風飄蕩，白濛濛一片，靚絕大東山。興之所至取出口琴，隨意吹奏一曲《雪絨花》放上 Facebook。心血來潮，借用李商隱的一首詩《無題》做第一句，寫了一首「打油詩」，然後收拾行裝，拔營下山。

昨夜星辰昨夜風，欄頭營上多帳篷；
芒草飄飄何所依？琴音樂韻兩相宜。

大東山無論地形、環境都是非一般山頭可媲美，優美的山脊線、星羅棋布的小石屋，加上芒草遍地盛放季節，滿布山嶺任何角落，確實令人印象難忘！

大東山日與夜

8. 綠色工作坊

忙碌的都市生活，帶來不同的壓力，要懂得舒緩及釋放，才能擁有健康的生活，「舒壓綠作坊」參加者除了觀賞花園內的植物，同時亦體驗了種植和收摘的過程，一同即席製作及享用小食，活動讓參加者認識種植的樂趣，互相交流，分享學習心得。

去年黃竹坑東華三院復康中心大樓加建了兩層，天台打造成一個空中花園，有園圃、瓜棚、菜田、溫室等，綠油油一片，加上陣陣花香，令人感覺心曠神怡，居於 JCRC 的院友，又多一處休閒的好地方。

早前復康中心為智障人士家長及照顧者舉辦的「綠色舒壓工作坊」，地點就在復康中心大樓空中花園。工作坊有 40 多人參加，由護士、社工及導師帶領分組進行，手工藝摺紙花，參觀園區種植，認識各種香草及蔬菜，做小盆栽，最後是享用迷迭香植物牛油多士及自行泡製的蜂蜜花茶。

今次工作坊內容豐富，有得玩，有得食，還有得學習園藝知識，把自己設計的小盆栽帶回家栽種，這個活動確實起到舒壓作用，值得推廣。

親手做的小盆栽

9. 唐詩與宋詞

唐詩和宋詞是中國特有的文化遺產，唐代被稱為詩的年代，宋代被稱為詞的社會。「詞」源自民間，始於唐，興於五代，盛於兩宋。宋代物質生活豐富，人民對文化生活追求强烈。唐代皇帝非常器重詩人，不少詩人成為地方官員。唐朝之後，宋朝興起，宋代皇帝大都愛「詞」，大臣個個是詞人，政治家范仲淹、王安石、司馬光、蘇軾等都是著名作詞家，女詞人李清照也成為一代詞宗，名垂千古。社會對寫詞的風氣甚盛，使宋詞得以留傳萬世，影響久遠。

我自小喜歡背誦詩詞，對宋詞更產生無比的興趣，詩詞成為我日常生活情趣之一，「熟讀唐詩三百首，不曉吟時也曉偷」，偷偷寫油詩竟然也是我的喜好。宋詞中我最愛李清照的《聲聲慢》，李後主作品不少，特別喜歡以下一首：《相見歡》。

林花謝了春紅，
太匆匆，
無奈朝來寒雨晚來風，
胭脂淚，相留醉，
幾時重，
自是人生長恨水長東。

全首詞充滿意境，結尾一句更表現出李後主當時的心境，看完這首詞好有共鳴。還有一首萬俟詠作的《長相思》我也喜歡。

一聲聲，一更更，
窗外芭蕉窗裏燈，
此時無限情，
夢難成，恨難平，
不道愁人不喜聽，
空階滴到明。

這首詞寫聽雨失眠之愁情。記得2014年兒子入了瑪麗醫院，前後在醫院住了近兩個月，每晚想到兒子在病房的情況整夜難眠，盼望他可以快點康復出院。《長相思》成為我的「長夜相思」。

10. 平安夜

平安夜，聖善夜，萬暗中，光華射……

中環的行人天橋，通往天星小輪的一段，面對摩天輪，平安夜的晚上，遊人多至水洩不通。一群來自旺角區賢毅社及香港柏金遜症會的朋友，在結他伴奏及搖鈴聲中向所有路經的市民報佳音。

第一幕：耶穌降生

公元 2016 年前耶穌基督在伯利恆城的一個馬槽裡出世（馬槽歌，平安夜，新生王）

第二幕：天使報佳音

天使向正在野外的牧羊人報佳音（聖誕佳音，小伯利恆）

第三幕：博士來朝

東方三博士依恆星指引來到馬槽向聖嬰朝拜（齊來崇拜，聖誕夜歌）

第四幕：普天同慶

每年 12 月 25 日成為聖誕節，世界各地人民一同慶祝（普世歡騰，聖誕鐘聲，快樂聖誕，聖誕老人，白色聖誕，鹿車近了）

想不到一件這麼細小的樂器，可以引起如此多人圍觀，還有熱烈的掌聲鼓勵，之後有兩位路過的小朋友加入。雖然沒閃耀的燈光，冠冕堂皇的舞台，華麗的服裝，但每位表演者都表現出對音樂的熱誠及投入。摩天輪下口琴報佳音，愉快難忘，留下美好的回憶，期待明年平安夜再來。

參加者：光芬、順卿、寶珠、轉兒、寶田、杏珍、梅花、建悟、清蘭、鳳英、麗珍、影霞、李醫生、喜勤、寶嬋及作者共16人。

小結：

豐盛的人生當中包含了真誠、善良、美好，這三種元素缺一不可。「真善美」不是外表，而是內在，生活中不用太做作，因為只要真誠待人、有善良的心、有美好的時光就是豐盛的人生。

真善美

音樂無國界
大愛本無疆
傳遞真善美
生活留知音

甄少華

2016-12-24

流着眼泪 依然奔跑
香港柏金遜症基金 贊助

恒生銀行、再生會

第三章
香港如此多嬌

大嶼山是香港最大的島嶼，大嶼山郊野公園內：分流、鳳凰徑、大東山被視為行山者天堂。

香港

一個嬌美的城市

昔日有

旗山星火 赤柱晨曦 淺水丹花 虎塔朗暉

快活蹄聲 鯉門月夜 殘堞斜陽 宋台懷古

等香港舊八景

時移世易

八景之中大部份已不復存在

取而代之是

日出鳳凰　維港煙花

斐聲國際的 龍脊 麥理浩徑

荔枝窩自然步道 世界地質公園

候鳥天堂 米埔 塱原濕地

昂平草原

海下灣珊瑚礁

中華白海豚

南丫島海龜 等等

香港永遠都是

如此多

嬌

3.1 爐峰古今

清朝末期，列強入侵，八國聯軍攻打北京城，火燒圓明園，清政府無力對抗。中英鴉片戰爭，中國戰敗，被迫割地賠款，自此香港成為英國殖民地。

開埠初期，人口增加，首要解決食水問題，隨之而來是交通、醫療、房屋、教育、風俗等等，爐峰古今為你細說從前。

1. 三大古剎－凌雲寺
2. 扶林飛布#（1842）
3. 大潭水塘（1883）
4. 山頂纜車（1888）
5. 九龍寨城#（1898）
6. 虎豹別墅#（1935）
7. 宋台懷古#（1941）
8. 漢墓出土（1955）
9. 中大創校（1963）
10. 海心公園（1972）
11. 萬宜水庫（1978）
12. 大佛開光（1993）

#舊香港八景所在地

1. 三大古剎－凌雲寺

位於錦田八鄉靠近大帽山的凌雲寺與青山杯渡寺，及元朗廈村的靈渡寺合稱香港三大古剎，是香港的佛教發揚地。

凌雲寺始建於明朝宣德年間，至今已有600年歷史，全寺自上至下以女信為主，由於年代久遠，作風過份保守，寺院已不復當年。凌雲寺座落觀音山山麓，靈氣逼人，寺前一個古雅庭園，亭台、小橋、樓閣，荷花池中的一尊觀世音菩薩塑像，法相慈悲。

凌雲寺內與外

2. 扶林飛布（1842）

瀑布源頭於興建薄扶林水塘時被截去，瀑布灣的瀑布已沒有昔日雄壯。

香港舊八景之一的「扶林飛布」位於華富邨海邊，水源來自薄扶林谷山澗，這條大瀑布在清朝嘉慶年間被選為「新安八景」之一，瀑布所在的港灣叫瀑布灣。

19 世紀初英國商船往來廣州貿易，抵達珠江口，大都在瀑布灣停泊避風和取水，並稱此處為「香江」（Heang Koong）。也有說法是瀑布灣附近石排灣村，有漁民聚居、擺賣、運送貢神的「檀香」，「香港」因此而得名。

其後，英國商人發現港島與九龍半島間的維多利亞港，水深港闊，認定它是一個天然良港，因而對香港島虎視眈眈。

1842 年（道光二十二年）中英鴉片戰爭結束，清政府大敗，被迫簽下《南京條約》，香港島割讓給英國。砵典乍爵士（Sir Henry Potinger）獲委任為首位總督，在中環建了一座總督府（Government House），管治香港。1860 年（咸豐十年）中英二度交戰，清軍再敗，根據《北京條約》割讓界限街以南九龍半島及昂船洲給英國。

3. 大潭水塘（1883）

香港成為殖民地後，人口不斷增加，為了解決食水問題，政府於 1883 年在大潭興建水壩，修築香港第一個水塘，其後再擴建大潭中水塘及大潭篤水塘。今天，大潭上塘、副水塘、大潭篤水塘留有大量超過 100 年歷史的建築物，其中 22 項，包括：水塘大壩、水掣房、石砌輸水道、石橋、隧道進水口、寶雲道 21 孔輸水拱橋、紀念碑、抽水站、員工宿舍等，在 2009 年被列作法定古蹟，這些歷史建築與附近行山徑組成一條老幼咸宜的「大潭水務文物徑」供市民遠足。

開埠以來，香港出現多次水荒，最嚴重一次是 1963 年四天供水，每次只有四小時。為了增加食水來源，政府陸續興建：九龍水塘、城門水塘、大欖涌水塘、船灣淡水湖、海水化淡廠、石壁水塘、萬宜水庫，直至東江輸水系統完成，香港食水短缺問題才完全解決。

P.S. 我於 1967 年加入香港水務署（Water Supplies Department），當時稱水務局（Water Works Office），由工務局管轄，至 1976 年離職，十年工作見証著香港供水系统之重大演變。

煙雨矇朧下的拱橋

4. 山頂纜車（1888）

早期香港人口分佈，主要集中於港島的中、上環，其後居住範圍向東西岸伸延至銅鑼灣及西營盤，即當年的「維多利亞城」，七塊界石，至今仍有五塊原址保留。隨著貿易往還增多，太平山居住了好多外國人，當時唯一交通工具就是人力車和轎子。1881 年立法局議員伍廷芳提議興建纜車索道（ropeway），1888 年建成，是當年全亞洲第一輛登山纜車。

乘纜車遊太平山

百多年來山頂纜車（Peak Tram）經歷多次改變，由最初的蒸氣渦輪轉為電動化。現在由花園道至太平山凌宵閣的纜車線，全長 1.4 公里，需時約八分鐘，途經堅尼地道、麥當勞道、梅道、白加道，路軌坡幅 4 至 27 度，由窗向外望，傾斜的高樓大廈，美麗的中環景色，特別是晚上，令人印象難忘；至今山頂纜車仍是香港人及遊客最喜愛的交通工具。

5. 九龍寨城（1898）

九龍寨城建於清朝末年，四周築有城牆及東南西北四座城樓，寨城之內設有衙門、駐軍，其後陸續有居民遷入居住，並開辦龍津義學。1875 年往來寨城的主要通道「龍津橋」落成，清政府在石橋設稅關向往來船隻所載貨物徵稅。

1898 年（光緒二十三年）英國租借新界土地（包括 235 個離島），為期 99 年，九龍寨城除外，寨城仍屬清政府管轄。1911 年，國父孫中山先生領導的辛亥革命取得成功，中華民國成立。清兵被驅走後，城寨倫為三不管之地，賭場、毒窟、黃色事業在城內發根，城寨成為罪惡溫床。

「殘堞斜陽」是舊日香港八景之一，指九龍寨城的殘垣斷堞，在晚霞時候的迷人景色。1987 年，香港政府清拆城寨，原址興建「九龍寨城公園」，公園內保留了城寨一些古老建築，衙門闢作陳列室介紹寨城歷史。兩塊於城寨出土分別刻有「南門」及「九龍寨城」字樣的花崗岩，原地保留供市民憑吊。

南門入口

寨城公園八景－南門懷古

6. 虎豹別墅（1935）

40、50 年代，社會極為貧困，醫療設備嚴重不足，一般市民身體不適時，只有倚靠萬金油、驅風油、白花油這類鎮痛藥物，「虎標萬金油」成為人人家中必備之物。

生產萬金油的胡文虎及胡文豹兄弟於 1935 年建造的「虎豹別墅」，曾經是香港最著名的旅遊名勝，來港旅客必到之地。七層白色六角虎塔乃港島重要地標，「虎塔朝陽」更被喻為昔日香港八景。別墅內依山而建的宮殿式樓房，園林美景及警世浮雕特別吸引到訪人士。

香港地少人多，虎豹別墅已被拆卸改建成住宅項目，當年的「虎塔」再不復見，現在只剩下主樓部份亭台樓閣，正進行歷史活化工程，工程完畢再重新開放，供市民參觀。

萬金油花園

7. 宋台懷古（1941）

相傳，南宋最後一位黃帝宋帝昺（趙昺 1272-1279）曾到過新界龍虎灘及九龍灣避難。歷史記載宋將張世傑與元軍交戰大敗，丞相陸秀夫背著年僅六歲的昺帝在廣東新會崖山跳海身亡。

為了紀念宋帝昺流亡到港，九龍城的聖山刻有「宋王臺」三個字，即舊香港八景之「宋台懷古」。1841 年第二次世界大戰，日本佔領香港，擴建啓德機場，聖山被夷為平地，只保留山上「宋王臺」這塊巨大石頭，放置於今天的宋王臺公園內。

九龍城及土瓜灣一帶有不少歷史遺跡，2008 年「龍津石橋」在啟德發展計劃中意外被發現。2014 年沙中線近宋王臺掘出六口古井及數千件文物，是本港近年來最大考古發現。

宋王臺大石

8. 漢墓出土（1955）

李鄭屋漢墓正門位於深水埗東京街

1953 年石硤尾大火後，政府大量建造房屋解決居住問題。1955 年興建李鄭屋村徙置大廈時在山邊斜坡發現一個古墓，從墓室的結構、墓磚的紋理及陪葬物等推斷，該墓建於東漢時期，即公元 25 年至 220 年，距今有近 2,000 年歷史，是香港的重大考古發現。

「李鄭屋漢墓」現已成為博物館，館內展覽當年出土的 58 件陶器和青銅器。陶器分為炊煮、飲食、貯藏、模型四類；青銅器有八件，包括：銅盆、銅鏡、銅鈴、銅碗等。還有一些珍貴圖片介紹古墓整個發掘過程，免費供市民參觀。政府在古墓旁建造了一個以漢代建築為主題的「漢花園」，花園內除了石山、石橋、水池、長廊、亭台樓閣，還有一隻大型石造龍船。

P.S. 香港一個這麼小的地方能夠住上 700 多萬人，全賴公共房屋。至今本港半數以上人口居於公屋及居屋之內，石硤尾、李鄭屋、黃大仙、老虎岩等屬於香港第一代公營屋邨，當年稱做「徙置區」，環境惡劣，有人譏笑為「紅番區」。

9. 中大創校（1963）

食水、房屋、交通和教育都是民生重大問題。香港中文大學（The Chinese University of Hong Kong）於 1963 年創校，並於 1966 年開辦香港首間研究院，是香港第一所研究型大學。

香港中文大學由：新亞、崇基、聯合、逸夫等四間書院組成，分佈於馬料水一座大山，前臨吐露港，環境清幽。

建於新亞書院內之合一亭，亭的前方水池，是出名的「天空之鏡」，站在池邊拍攝可以營造水天一色的效果，這裡被稱為「天人合一」，中文大學退休校長金耀基教授喻之為「香港第二景」。

天空之鏡

10. 海心公園（1972）

香港有不少漁民，靠出海捕魚謀生，漁民大都信奉天后娘娘，全港現在仍保留很多天后廟。海心公園原址是海心島，四周怪石嶙峋，其中魚尾石形狀及神態俱肖，遠處眺望，恍如魚頭魚尾互峙，活像畫家筆下「鯉躍龍門」之態。海心島建了一座古廟，盛傳廟內供奉的「龍母菩薩」十分靈驗，不少漁民及善信喜歡前往參拜。由於海心廟位於小島之上，來回海心島必須要坐駁船。

海心公園－魚尾石

戰後開始香港人口劇增，政府在維港兩岸進行大規模填海，增加土地。1964年，土瓜灣一帶列入填海範圍，自此海心島便與陸地相連，不再是孤島。昔日廟內供奉的龍母壇亦被移至下鄉道天后廟內。1972年海心公園落成，魚尾石是公園一大標誌，海心亭以曲橋和公園連接，亭內有對聯：「海心亭具西湖韻，魚尾石全此地靈」，佳句，佳句。

11. 萬宜水庫 (1978)

1978 年落成之萬宜水庫是香港儲水量最大的水庫，水庫建築期內，大量開山劈石，在東壩附近山坡發現無數六角柱石群，後來被評定為火山遺跡，乃世界罕有地質外貌，並列作「香港國家地質公園」。

2011 年「香港國家地質公園」獲聯合國教科文組織選為「世界地質公園」，成為中國第 26 個世界級地質公園。2014 年香港郵政署用了東壩六角岩柱群作郵票背景。去年起有巴士往返萬宜水庫東壩及西貢，東壩成為交通便利的旅遊景區。香港彈丸之地竟有世界級地質公園，實在是我們的驕傲。

以世界地質公園為主題的通用郵票
小全張自上而下：
北果洲、火石洲
大浪灣、破邊洲、萬宜東壩、赤州
黃竹角咀、新娘潭
難過水、龍落水、更樓石、鴨洲

12. 大佛開光（1993）

大嶼山遠離市區，長期以來是佛教人士靜修之地，山上有超過百年歷史的道場、寺院。由寶蓮禪寺籌建的天壇大佛，1990 年動工，1993 年落成，同年 12 月 29 日由覺光大法師主持開光。當時青馬大橋仍未建成，我和太太及近萬善信為了見證歷史一刻，冒著嚴寒，半夜從中環乘船往梅窩，再轉車來到寶蓮禪寺參與大佛落成慶祝典禮。

天壇大佛是全球最高的戶外青銅坐佛，由中國航天科技局負責鑄造，佛相莊嚴宏偉，寓意香港穩定繁榮，國泰民安，世界和平。大佛坐落於海拔 482m 的木魚峰上，由籌備至建成共用了 12 年時間，是香港一項宏偉建築。

稽首天中天，
毫光照萬千。
八風吹不動，
端坐紫金蓮。

（作者：中國佛教協會趙朴初會長）

3.2 我愛郊野

近年香港郊野逐漸走上國際舞台，香港有235個大小島嶼，部份已劃入海岸公園範圍。世界地質公園、麥理浩徑、龍脊、荔枝窩、大東山、昂平、塔門……近在咫尺，作為香港人，如果不去走一趟，實在可惜。

1. 龍鼓灘－中華白海豚
2. 龍脊－市區最靚山脊
3. 道風山－基督教叢林
4. 塔門（Grass Island）
5. 港版大峽谷
6. 大帽山－川龍
7. 沙螺洞－油菜花田
8. 嘉道里農場－凌霄徑
9. 黃牛山、水牛山
10. 日出鳳凰
11. 大金鐘（Pyramid Hill）
12. 荔枝窩自然步道

1. 龍鼓灘－中華白海豚

出沒於龍鼓洲及沙洲群島水域的中華白海豚是香港的珍貴財產，為了方便市民近距離欣賞，屯門區議會在龍鼓灘旁的小山建了一座瞭望台，可以居高遠眺海豚在海上游弋。由於大嶼山西北面正進行港珠澳大橋工程，嚴重破壞生態環境，中華白海豚數量已大不如前，很偶然才能見到它們的芳蹤。

龍鼓灘除了有瞭望台觀賞中華白海豚，還有一間天后古廟和建築美輪美奐的村公所。從龍鼓灘村登山，可以遊覽豬仔石及相傳宋朝最後一位皇帝避難時到過的皇帝巖。龍鼓灘黃昏景色份外迷人，好適合與知己好友到來觀賞日落。

龍鼓灘來回瞭望台 / 漫遊：60 分鐘 / 難度 ★★☆☆☆

2. 龍脊—市區最靚山脊

由打爛埕頂山（石澳山）至雲枕山之間的一段山路，山巒高低起伏，綿綿不斷，猶如一條飛舞的巨龍，橫跨鶴咀半島之上。這條屬於港島徑第八段的行山路線，2013 年被《時代周刊》評選為亞洲「最佳市區遠足徑」後，斐聲國際，除了香港人，不少外地旅遊人士也慕名而來，一睹「龍脊」的風采。

土地灣—龍脊—大潭峽 / 漫遊：5 小時 / 難度 ★★★☆☆

龍脊打爛埕頂山（284m）

3. 道風山－基督教叢林

十字架是道風山標誌，遠至大圍一帶也看得到，十字架正面「成了」這兩大字是耶穌基督臨終前説的。道風山原本是道教場地，後來被聖公會購置，改建為「基督教叢林」，內有：聖殿、長廊、藝術軒、花園、神學院等，園區景色清幽，建築中西合璧，別樹一格。

兩位信徒在十架下祈禱

聖殿外面有一個「靜室」，地方不大，內有耶穌基督的聖像及「放下重擔」四個大字，見到這四字，有一種如釋重負之感，心情豁然開朗。

沙田火車站－道風山－大圍 / 漫遊：3 小時 / 難度 ★★☆☆☆

4. 塔門（Grass Island）

塔門地標－呂字石

由馬料水坐街渡前往塔門，船程一小時十五分鐘到達。島上有：天后廟、大草坪、觀景台、涼亭、石灘、榕樹村、大小碼頭等。除了草原吸引，島上的呂字石是主要景點。塔門沒有燈塔，「呂字石」由兩塊巨石上下疊成，有些似「塔」的形狀，因此而成為該島的名稱。

這個小島從前有農田耕種，如今農地不再存在，只剩下牛隻和一堆堆牛糞，路過人士不小心便會誤中地雷。塔門位處香港東北，是欣賞日出的理想地點，所以經常有市民到來露營。塔門及高流灣一帶水域，漁獲甚多，是釣魚人士的天堂。

以碼頭做起點，環繞南面一周 / 漫遊：3 小時 / 難度 ★★☆☆☆

5. 港版大峽谷

菠蘿山位於屯門良景村附近，山上寸草不生，黃土飛揚，一片荒涼景象。加上部份地面塌陷，滿布沙石，其獨特景色，有些似美國大峽谷，行山人士給它「港版大峽谷」美譽，引來不少年青人到這裡來探險、影特寫，尋求刺激。

前往菠蘿山的車路，日久失修，凹凸不平，彎多路斜，普通車輛行走，險象橫生。這一次，坐襯家駕駛的 Land Rover 前去，免卻徒步登山之苦，輕輕鬆鬆到此一遊，見識不少。

良景－大峽谷－下白泥 / 漫遊：5 小時 / 難度 ★★★☆☆

香港大峽谷

6. 大帽山－川龍

到大帽山行山人士，行完山喜歡往川龍飲茶，無論你幫襯端記或彩龍，同樣，泡茶、沖水、拎點心全部自理。川龍酒樓最出名的是西洋菜、雞球大包、豬潤燒賣等懷舊點心，還有著名山水豆腐花，飽餐一頓當然是到附近菜田走走。

川龍位處大帽山山腰，多條山澗滙集至此，水源豐富，空氣清新，適合蔬菜種植。秋冬時候這裡的西洋菜特別靚，遠道而來不想空手而回，可以找田主買點回家做晚餐。

大帽山扶輪公園－川龍林道－川龍酒樓 / 漫遊：4 小時 / 難度 ★★☆☆☆

川龍菜田

7. 沙螺洞－油菜花田

沙螺洞具有很高的生態價值，也是新界最古老客家村落之一，位於流水響與鳳坑之間，從前種植稻米，由於交通不方便，大部份村民已遷出市區。

曾經荒廢了一段長日子的沙螺洞，村民近年種植油菜花，非常成功。每到花期大片黃色花海，美不勝收，一時間，消息傳遍香港，引來不少遊人和行山客老遠而來，一睹油菜花的風采。

汀角路－沙螺洞－鳳園 / 漫遊：4 小時 / 難度 ★★★☆☆

人海 + 油菜花海

8. 嘉道里農場－凌霄徑

嘉道理農場暨植物園始建於1956年，有：山谷、清溪、菜園、梯田、農圃，集觀光、自然教育於一體，適合一家大小同遊。

嘉道理兄弟紀念亭位於農場最高處，紀念亭的雙頂設計，象徵創辦人賀理士爵士及羅蘭士勳爵兄弟兩人手足情深。兄弟紀念亭與觀音山遙遙相對，坐在亭內既可納涼，也可俯瞰整個新界西北美景。

凌霄徑（Sky Trial）是嘉道理農場內一條充滿生態氣息的行山路線。以兄弟亭為起點，穿越有「山上的彩虹」美譽的大帽山植林區，返回胡挺先生紀念亭，然後上觀音山，全程約5km，不算長，由於部份路段需要上山和落山，消耗體力甚多。

兄弟亭－凌霄徑－觀音山 / 漫遊：4小時 / 難度 ★★★☆☆

兄弟亭內與外

山上的彩虹：山坡上，過千株幼樹苗，由五彩繽紛的塑膠袋保護，從遠處看，鮮豔耀目，因而有「山上的彩虹」這個美譽。

9. 黃牛山、水牛山

黃牛山及水牛山位於沙田與西貢之間的相連山峰，分別高604m 及 606m，與石芽山山脈連成一體，山脊線特別壯觀。攀山者從黃泥頭出發沿山路往石芽背，再經黃牛山過水牛山，水牛山遠看三分似水牛，其餘七分當然要靠想像力了。

水牛山上有標高處，視野廣闊，可眺望沙田及俯瞰西貢全景，四周還有很多大石頭，站在石頭上拍大特寫，有意想不到之效果。由東面下山接回麥理浩徑第四段，直通五聯達，再經梅子林返回富安花園。

黃泥頭－黃牛山－水牛山－富安花園 / 全程：5 小時 / 難度

水牛山上水牛陣　水牛陣內多英雌
兩只牛牛不易爬　黃牛千里路迢迢
水牛上山好辛苦　苦盡甘來到山上
山上行友展風姿　同聲高叫郊遊樂

10. 日出鳳凰

鳳凰乃中國古代傳説中百鳥之王，雄鳥為鳳，雌鳥為凰。鳳凰山由兩座山峰組成，從外貌看確有鳳凰之形態，鳳凰山主峰高934m，是大嶼山最高峰，四周山脈相連，加上一望無際的海洋，好適合欣賞日出。

欣賞鳳凰日出，最佳選擇是晚上在昂坪露營或住宿，半夜登山。行夜山電筒 / 頭燈不可少，由昂坪上山，沿途都是大小不一的石級，一段接一段如上「天梯」，到達斬柴坳，前面是有「南天門」之稱的沙石路，需要花費更大力氣，幸好部份路段兩邊有鐵鏈及圍欄用來借力。抵達山頂，風勢特別大，可以走進石室內避避。

日出之前的美麗晨曦在日出過程中最先出現，其後太陽從海平面升起，天空露出曙光，紅色、紫色、藍色的彩霞襯托下，令人驚嘆大自然的美麗，「鳳凰觀日」是一生之中不可錯過的一次旅程。

昂坪－鳳凰山－伯公坳 / 全程：5 小時 / 難度 ★★★★☆

鳳凰山日出

11. 大金鐘（Pyramid Hill）

由西貢經南山村上昂平，慢行兩小時可至。昂平位處海拔 400 米以上高原，三面環山，風景優美之外還好大風，最適合放風箏及玩滑翔傘，秋冬季節山上芒草處處，份外迷人。

外形似金鐘罩的「大金鐘」高 536m，如同一座建於山上的金字塔，聳立昂平草原之前。上大金鐘沿途甚多浮沙碎石，行山人士喜歡攀登至山上，自我挑戰。

從大金鐘下山後，沿麥徑四段到涼亭，可轉小路往鹿巢頂遊覽石林，再原路返回涼亭，出馬鞍山郊野公園燒烤場，更可順道參觀昔日礦場遺址，以錦英苑巴士總站做終點，行程約 5 小時。

西貢－昂平－大金鐘－錦英苑 / 全程：5 小時 / 難度 ★★★★☆

昂平前方－大金鐘

昂平－滑翔傘

12. 荔枝窩自然步道

荔枝窩靠近印洲塘海峽，位於邊境沙頭角及大埔的烏蛟騰之間，自 17 世紀起已有客家人建圍村定居。70 年代移民潮中，不少村民移居英國，荔枝窩農地荒廢，房屋十室九空。留下來的乃荔枝窩海邊充滿生機的泥灘，茂密的紅樹林，與棲息其中之生物。

後來，政府擴建海岸公園，修築了一條自然步道，連貫荔枝窩海岸、村落及風水林，部份為人工鋪設的木板路，沿途有導遊設施，介紹通心樹、萬年藤等生態及鄉村歷史。近年，一些村民重返荔枝窩居住，並致力推廣文化及生態旅遊。2016 年，旅遊聖經《Lonely Planet》選出亞洲十大最佳旅行地點，荔枝窩的自然景觀名列第五。從前人跡不多的荔枝窩，一夜間成為郊遊聖地，如今假日更有渡輪接載遊人往返荔枝窩及馬料水。

新娘潭－荔枝窩－烏蛟騰 / 全程：5 小時 / 難度 ★★★☆☆

荔枝窩自然步道

小結：

笑看人生，淡薄功名富貴，便能擁有海闊天空的人生境界，幸福每一天。

笑看人生

郊遊樂聚集精良
銀哨一聲登高崗
淡淡清風迎笑臉
葱葱芳草伴腿旁
觀景嶺上臨崖望
笑看眾生逐利忙
富貴功名浮雲事
御酒何如泉水香

(郊遊樂旅行隊：蘇志強先生)

後話

一個小故事分享：「有一支淘金隊伍在沙漠中行走，大家都步履沉重，苦不堪言，只有一個人快樂地走著。別人問：「你何以能如此寫意？」他笑著說：「因為我帶的東西最少。」

知足常樂，願與所有港人互勵互勉。

全書至此為止，錯漏之處，敬請原諒。《香江情懷小故事》如果你愛看我會繼續寫。

鳴謝

身為自閉症及智障人士父母，擔子好重，生活壓力好大，感謝所有認識我們的人，感謝你們的支持！

HK 011

香江情懷

小故事

書名：香江情懷小故事
作者：程淑明
編輯：區杏芝
設計：4res
出版：紅出版（青森文化）
地址：香港灣仔道133號卓凌中心11樓
出版計劃查詢電話：(852) 2540 7517
電郵：editor@red-publish.com
網址：http://www.red-publish.com

香港總經銷：香港聯合書刊物流有限公司
台灣總經銷：貿騰發賣股份有限公司
地址：新北市中和區中正路880號14樓
電話：(866) 2-8227-5988
網址：http://www.namode.com

出版日期：2017年5月
圖書分類： 流行讀物
ISBN：978-988-8437-51-1
定價：港幣78元正/ 新台幣310圓正